Una misma noche

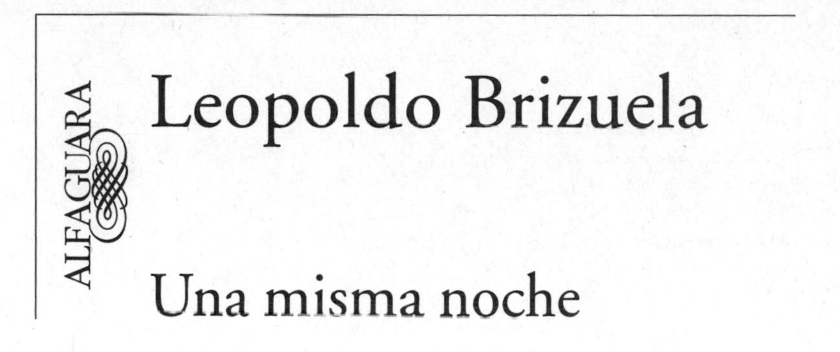

ALFAGUARA

Leopoldo Brizuela

Una misma noche

2012, Santillana USA Publishing Company
2023 N.W. 84th Ave.
Doral, FL, 33122
Teléfono: 305-591-9522
Fax: 305-591-7473
www.prisaediciones.com

ISBN: 978-1-61435-656-1

Diseño:
Proyecto de Enric Satué

Imagen de cubierta:
Magnum/Latinstock

Diseño de cubierta:
Claudio Carrizo

Printed in USA by HCI Printing

16 15 14 13 12   1 2 3 4 5 6 7 8 9

Para Ariel

sólo yo fui vil... literalmente vil
vil en el sentido mezquino e infame de la vileza

Fernando Pessoa

Novela

A

2010

Si me hubieran llamado a declarar, pienso. Pero eso es imposible. Quizá, por eso, escribo.

Declararía, por ejemplo, que en la noche del sábado al domingo 30 de marzo de 2010 llegué a casa entre las tres y tres y media de la madrugada: el último ómnibus de Retiro a La Plata sale a la una, pero una muchedumbre volvía de no sé qué recital, y viajamos apretados, de pie la mayoría, avanzando a paso de hombre por la autopista y el campo.

Urgida por mi tardanza, la perra se me echó encima tan pronto abrí la puerta. Pero yo aún me demoré en comprobar que en mi ausencia no había pasado nada —mi madre dormía bien, a sus ochenta y nueve años, en su casa de la planta baja, con una respiración regular—, y solo entonces volví a buscar la perra, le puse la cadena y la saqué a la vereda.

Como siempre que voy cerca, eché llave a una sola de las tres cerraduras que mi padre, poco antes de morir, instaló en la puerta del garaje: el miedo a ser robados, secuestrados, muertos, esa seguridad que llaman, curiosamente, inseguridad, ya empezaba a cernirse, como una noche detrás de la noche.

Era una noche despejada, declararía, y no hacía frío. No se veía a nadie en la calle. La única inquietud que puedo haber sentido cuando enfilé hacia la rambla de Circunvalación se habrá debido a los autos, pocos pero prepotentes, que pasan a esa hora, con parlantes a todo lo que da y faros intermitentes iluminando el asfalto. O a las motos que con no sé qué artilugio hacen sonar el caño de escape igual que un tiroteo.

Fue entonces que lo vi, al llegar a la esquina. Un tipo de unos treinta, con gorra de visera virada hacia la nuca, musculosa y arito —casi un disfraz de joven. Miraba hacia el fondo de esa anchísima avenida con ramblas que cerca la ciudad. No le importaba yo, no me miró ni una vez, y es raro que a esa hora no se mire a un extraño. ¿Y a quién podía estar esperando, a esa hora, en ese sitio? ¿Quién podía haberlo expuesto, citándolo a esa hora?

Cruzamos a la rambla: la perra cagó y meó en los sitios de siempre con una exactitud que yo le agradecí y volvimos muy rápido —mi perra recelando de las sombras, y yo fingiendo calma— sin inquietar tampoco ahora, en apariencia, al tipo de gorrita que, encaramado en lo alto de sus pantorrillas estiradas, seguía empeñado en tratar de divisar algo a lo lejos.

Entonces advertí, a sus espaldas, en la vereda de enfrente, un auto con tres hombres dentro y una puerta abierta, como si lo esperaran. Vendrían en caravana, supuse, y algún otro auto se les habría perdido. Pero me acordé de Diego, el vecino de la casa 5, que había decidido dejar de alquilarme mi garaje cuando empezó a trabajar de noche, "y de noche, vos viste lo que hacen ahora: te esperan en las sombras y se meten con vos…".

Eché a correr fingiendo que la perra al fin conseguía arrastrarme. Traté de girar la llave sin perder un segundo; la perra entró con esa urgencia absurda que infunde la costumbre y, tan pronto como cerré, corrí el pasador enorme que colocó mi padre sobre las tres cerraduras. Entonces respiré, y subí, y quizá olvidé todo, como quien deja la noche en manos de sus dueños.

También yo tengo rutinas como las de mi perra: si me hubieran llamado a declarar, si este fuera un asunto de detectives, jueces y jurados, como en las novelas, habría podido enumerar qué hice desde entonces, no porque lo recuerde, sino porque siempre hago lo mismo. Como si me preguntaran: "¿Latía el corazón?". Fui primero a la cocina, llené una taza con agua y la metí en el microondas; después fui hasta mi estudio a encender la computadora y a mi cuarto a quitarme la ropa. Y cuando sonó la alarma del hornito —tres minutos exactos: ¿qué no es computable en la vida actual?— saqué la taza, eché un saco de té y me senté ante la pantalla, a ese tiempo sin tiempo que tampoco puede haber sido tanto. Si la mente consigue perderse en la Internet, el cuerpo, ese estorbo, cansado, se repliega.

Había pasado todo el día en casa de una amiga de Boedo que quizá, también ella, podría declarar ahora (la inconcebible minucia de las novelas policiales se instala en mí; y la culpa de saber, de haber sido testigo). Revisé mi casilla de emails, pero casi nadie escribe en las noches de sábado. Quizá contesté alguno y pasé cierto tiempo revisando los diarios, pero como ya no son dominicales los suplementos literarios, no me demoré. Y si entré en la página de chat, no habré permanecido más que lo que dura una paja entre hombres viejos, furtivos, decadentes de sueño, escondidos de sus esposas.

Pero al fin —de esto sí daría fe, esto sí lo recuerdo—, una hora más tarde, digamos: a eso de las cuatro o cuatro y media, empecé a recorrer los cuartos de la casa apagando las luces y cerrando ventanas. El balcón de atrás, el lavadero, la cocina. Y cuando llegué al cuartito que mi padre llamaba "el geriátrico" —un cubículo de vidrio que él mismo se inventó en el balcón del frente para instalar allí su banco de carpintero y su tablero de electricista—; cuando descorrí la cortina para atraer hacia mí el batiente abierto de la ventana, descubrí que allá abajo, a unos tres metros, relucía un patrullero detenido, blanco en la noche, en marcha, con la inscripción *Policía Científica* y dos policías adentro en actitud de alerta.

Quizá pensé: "El tipo de gorrita". No recuerdo. Pero estoy seguro de que pensé: "Por suerte, no me han visto. No seré su testigo. Puedo seguir mi vida".

Y sigilosamente terminé de cerrar; y luego me acosté como para hacer ostentación de lo que yo verdaderamente era: un ciudadano más o menos anómalo, que no reprime sus excentricidades, pero que en modo alguno representa un peligro.

DOMINGO por la tarde. Cruzo al supermercado cuando dos muchachitas me interceptan, en la vereda de enfrente. Son gordas, van del brazo.

—¿Pasó algo, en tu casa, anoche? —me preguntan, luchando entre el pudor y el deseo de saber, impostando muy mal la compostura luctuosa con que se aborda a una víctima.

Entre sus disculpas entiendo que son las nietas del vecino de enfrente, el marino retirado, las que, como yo, llegaron al barrio a ocupar la planta alta de la casa cuando los viejos ya no pudieron vivir solos.

—No, ¿por qué? —pregunto, ofendido, porque presiento que quieren usarme.

—Vimos un patrullero de la Policía Científica parado frente a tu casa… y pensamos…

—Ah, es cierto —y solo entonces recuerdo la inscripción sobre la puerta blanca—. Pero no pasó nada —digo, y les vuelvo la espalda, como rechazado por un interés obsceno.

Y el lunes al mediodía, por fin, suena el timbre: algo que nunca pasa. Salgo al balcón, abro el mismo batiente que cerré la noche del sábado sobre aquel patrullero, y veo a la vecina de la casa de al lado. Su cara reducida por los liftings a una máscara casi irreconocible por mí, a fuerza de ir semejándose a tantas otras mujeres. Le pregunto qué quiere, fingiendo que ya estaba por entrar a bañarme —me da vergüenza mostrarme todavía en ropa de cama después de haber pasado toda la mañana corrigiendo mi novela.

Sonríe extrañamente, culposa pero imparable, con evidente terror. Que no puede decirme, asegura. Que baje por favor un minuto. Solo un minuto, ruega. Le digo que me espere. Me echo una robe encima, y mientras tanto imagino de qué me hablará.

Ha venido tantas veces a decir: "¿Cuándo vas a poner rejas? Esa ventana tuya, sin rejas, te pueden entrar por ahí". O a contarme, imparable, en un casi delirio, que por un balcón así, a una amiga suya... He tratado de cortarla, tantas veces, con las mismas excusas: "Estoy dando clases", "Tengo que irme a Buenos Aires". Pero ella no escucha, y casi le he cerrado la puerta en la cara.

Pero esta vez es cierto, comprendo al abrir la puerta y ver a Marcela medio escondida detrás del rosal, para que mi madre no la vea:

—Nos entraron ayer, a la madrugada.

Así dice, "nos entraron", sin aclarar de quién habla, y como si nunca hubiéramos dejado de hablar sobre ese tema. Y dice que ha venido a ponerme sobre aviso, aunque no noto en ella más que la necesidad de contar. Porque ya su marido se ha ido a trabajar, y se ha quedado sola, aterrada de estar sola, de enloquecer a solas sin sus cuidados psiquiátricos.

Mi madre, alertada por la perra que se ha echado a ladrar como si la enloqueciera el olor de nuestro miedo, se asoma a la ventana: Marcela me aparta un poco. "Para no asustarla", explica, porque lo que tiene que contarme, dice, "es muy pesado".

Esto es lo que me cuenta, lo que ella habría podido declarar:

—Entraron con Ivancito, tarde en la madrugada —Marcela se sorprende cuando me ve asentir con la cabeza, y yo hago ese gesto sin pensar, recordando vagamente el patrullero, pero no se detiene.

Ivancito es su hijo menor, de unos veintidós años.

—Venía de bailar, en la cuatro por cuatro. Y en cuanto bajó le pusieron un arma en la nuca y lo hicieron entrar a casa y subir. Robert, que tiene insomnio, estaba trabajando en su estudio; y yo, que dormía, me desperté pero no me moví.

Un hijo. Un padre. Una madre, recordé.

—Pero no eran negritos, ¿eh? —aclaró Marcela—. ¡Por suerte! Eran medidos, muy educados. Sabían muy bien lo que hacían (mi padre, supuse, habría dicho lo mismo después del episodio que ahora volvía cada vez más nítido a mi memoria. "*Eran unos caballeros.*").

—"Desconectá la alarma", fue lo primero que le dijeron a Ivancito en cuanto entraron. "La primaria y la secundaria, ¿eh?" (Porque tenemos dos: la que todos escuchan, y otra secreta que suena en la empresa de seguridad si digitamos, después de la clave, la tecla asterisco. Es un sistema nuevo, y ellos ya lo conocían.) Y por suerte Robert, que sabe manejarlos, los tranquilizó: "No se preocupen, muchachos, que yo siempre tengo algo para ustedes. Siempre guardo algo para estas ocasiones". "¿Y tu mujer?", preguntó el jefe. "Dejala, está dormida. Y se pondría nerviosa, y todo sería peor." Hicieron caso, por complicidad masculina. Pero era toda una célula, una organización: llevaban handies con los que iban diciendo: "Ya estamos terminando", "Vengan ya". Un camión vino, cargaron las computadoras. Se llevaron dinero. Y estamos seguros de que van a volver.

Le digo lo que vi, la madrugada del domingo, cuando llegué de Buenos Aires (y no tiemblo por eso: tiemblo porque esa imagen de *madre* y *padre e hijo* se reúne con esa otra palabra: *organización* y compone mucho mas nítidamente esa escena olvidada).

Hablo del tipo de gorrita con visera para atrás, del auto que parecía esperarlo, del patrullero.

—¿Cómo un patrullero? —se aterra Marcela—. ¡Si no hicimos la denuncia!

Empiezo a explicarle, y se pone tan nerviosa que debo empezar de nuevo, y bastan dos o tres frases para que me interrumpa y me pida que por favor le repita todo eso a su marido, exactamente. Que no me preocupe. Que no harán la denuncia. Pero que, eso sí, por favor, no diga nada a nadie más.

Cuando entro en casa me la encuentro a mi madre, espiando, recelosa.

—¿Qué quería Marcela? —me pregunta, temblando: solo alguna desgracia, algún peligro inminente puede haberme envuelto con quienes detestamos.

—¡Nada! —improviso—. ¡Te trajo revistas!

Una o dos veces me obliga a repetir la frase. Cuando logra entender, me dice con sarcasmo.

—¿Ah, sí?, ¿y dónde están esas revistas?

Manoteo unos viejos ejemplares de *Hola*, de esos mismos que le regala Marcela y que ya están para tirar; confío en que los haya olvidado, como olvida casi todo. Se los doy y subo a mi casa, de nuevo a mi trabajo.

Aunque en una declaración podría parecer demasiado, diría que siento que mi madre ha leído en mis gestos una verdad que yo mismo no consigo entender; un mensaje que yo sigo repitiendo, un libreto, desde hace más de treinta años.

TENÍA ALUMNOS en casa, esa noche. Cuando salí a la tarde a sacar fotocopias, vi que unos herreros tomaban medidas al porche de la casa de los Chagas: ahí estaba Robert, con su cuello ortopédico, su aire de jefe de pabellón, su pasión por las rejas. Me hizo señas de que fuera nomás, que cuando regresara me atendería.

Al pasar frente al número 5 encuentro a Diego, mi vecino. Cumplo en comentarle que su presagio se ha cumplido: que anoche "entraron" en la casa 29. Que esperaron a Ivancito, que venía de bailar, y se metieron con él, y que yo mismo vi un tipo sospechoso, de arito y gorra de visera, a metros de donde ahora estamos.

—¿Y no llamaste al 911? —me dice Diego, como desconfiando de mí.

—No —contesto, un poco perplejo—, ni se me ocurrió. No le explico que apenas sé qué es el 911 y que, en todo caso, no habría llamado.

—Mi mujer, que es psicóloga —me amonesta—, trabaja ahí, y atiende a la gente que se siente amenazada.

Nadie podría decir que Diego y su mujer son policías, pero siento de pronto la misma desconfianza.

Hago las fotocopias en el quiosco de la esquina, y cuando vuelvo, Robert se desprende del grupo de herreros, y como un médico que abandona la cama rodeada de practicantes, viene solícito a atenderme.

Es un psiquiatra famoso, de mala fama entre progres. Aunque a esta altura el dinero que trae a casa debe de ser mucho menos que el que gana su esposa con sus salones de belleza, conserva un aire típico de director de hospicio. Me saluda y me lleva aparte:

—¿Qué me dijo Marcela? —me pregunta por lo bajo, tan pronto le expreso mi pesar—. ¿Que viste un patrullero?

—No sólo yo —le digo, como si mi solo testimonio no pudiera resultarle confiable—: También esas dos gordas que están allí enfrente, sentadas al lado del viejo. Y fue a las cuatro y media, estoy seguro —digo con esa premura característica de las novelas policiales—. Bastante antes de que les entraran a ustedes.

Le cuento que el tipo de la gorra para atrás parecía ansioso, ahora comprendo, por divisar a lo lejos la llegada de Ivancito, por subir sin demora al auto que lo esperaba y seguir al chico hasta la puerta de su casa.

—No... Si esto fue todo un operativo —me interrumpe—. ¡Todo esto era *zona liberada*!

—¡Zona liberada! —repito casi sin querer. Me entusiasma que él, tan luego, use un vocabulario que solo puede haber aprendido en el *Nunca más.*

Robert es hombre de derechas: casa en Pinamar, departamento en Miami, presidencia del Rotary Club: conquistas ostentadas como jinetas en una charretera. Que aun él, que llegó al barrio en plena dictadura, haya llegado a comprender la iniquidad de la policía, me produce una sensación de victoria o de revancha. Un logro de este gobierno que apoyo.

—Pero decime, ese patrullero..., ¿decía Científica, *Policía Científica*?

Yo respondo que sí, y que eso mismo les había llamado la atención a aquellas dos gordas.

—¡Claro! —exclama, por lo bajo—. ¡Ya está!

Su cara se ilumina. Con ese último dato ha hecho su diagnóstico, solo eso le bastaba para lanzarse al combate. Y me arrastra a la esquina, como en las citas secretas.

—A una paciente mía le pasó igual: poco tiempo antes de que entraran a robarle, un patrullero de la Policía Científica le estacionó frente a la casa de al lado. Son los que te marcan —dice— para que los otros después entren. Y hay algo gracioso.

Por primera vez en treinta años nos une una extraña confraternidad. Pero estamos pasando frente a la casa de Diego, y tan disimuladamente como puedo, le pido que se calle.

—Ah, ¿la mujer de este es policía? —me pregunta Chagas, y Diego lo escucha y nos lanza una mirada de odio. Porque son otras épocas. Porque no podemos pensar que todos los milicos son iguales, y que la fuerza entera es el enemigo. Y porque su mujer trabaja en el 911 por necesidad, y por solidaridad, incluso, ¿a qué negarlo?

Cuando llegamos a la esquina, casi a solas, frente al playón de autos usados, Chagas prosigue:

—Bueno, esta paciente mía hizo la denuncia porque la obliga el seguro. Y denunció más cosas que las que en verdad le habían robado —y Chagas ríe, juzga naturales, perdonables, esas trampas—. Al rato le sonó el teléfono... ¡A las tres de la mañana! Te imaginás el susto... Eran los que la habían asaltado. "¡Hija de puta!", le dijeron. "¡Dijiste que te habíamos afanado un home theater y ahora el comisario nos lo reclama!".

Su esforzada despreocupación, su casi alegría, me hacen confiarle entonces la obsesión que ya me ha atrapado desde el fondo de la mente: la similitud entre esto que ha ocurrido y otro episodio de 1976.

—¿Hace treinta y tres años? —se extraña, consternado—. ¿Qué pasó hace treinta y tres años?

Le cuento que aquella noche otra banda asaltó la casa, cuando todavía era de la familia Kuperman. Y sugiero que, a pesar de los avances de los derechos humanos, el "aparato represivo", o "el crimen organizado", como quiera llamársele, sigue igual: que eso prueba este asalto.

(Pero no le digo que antes pasaron por mi casa. Ni le cuento lo que sucedió en esos diez minutos que permanecieron entre nosotros y no me he atrevido a revelar jamás a nadie, eso que ahora me hace temblar como una fiebre.)

—De la presidenta para abajo, empezando por ella —dice Chagas, y un rayo en su mirada es como una advertencia: "No me confundas"—, todos son ladrones. Todos —destaca con un ademán amplio que parece abarcar todo el cuerpo social enfermo—. Así que solo nos queda defendernos entre nosotros.

EN MI CASA, mi madre, un poco demasiado erguida, como quien se prepara a recibir un golpe de ola, me increpa:

—¿Qué hablabas con Chagas?

—¡Me recomendó a sus herreros! —improvisé—. ¡Me ofrecía sus servicios!

—Bah —desprecia ella.

Le digo que tenemos que enrejar la cocina, no porque corramos peligro alguno, sino porque el seguro nos lo exige. Ella hace un gesto amargo, como diciendo: qué inútil. Si nos entraran, ¿qué podría reparar el dinero? Y de pronto, yo invento:

—Y nos quedamos hablando de las Kuperman… ¿Te acordás? —y me acerco a su oído dispuesto a recordarle la noche en que ella estuvo sola ante la patota.

Mi madre acusa el dolor, pero sobre todo la furia que le causa mi impertinencia de hablar de los dolores. Me arrepiento de haber hablado. Siento que nombrar la muerte es atraerla.

Mi madre tiene casi noventa años, olvida muchas cosas.

—¡¿Pero cómo no me voy a acordar…?! —se ofende. Y sé que también habla de *su* noche.

Subo a mi casa entonces, para que no se preocupe. La necesidad de escribir ya me distrae de cualquier otra cosa. El conocido deseo de escaparme. Pero me quedo como plantado en el geriátrico, ante la misma ventana desde donde vi el patrullero, y contemplo, como quien lee un mensaje, el aspecto del barrio.

"Houses live and die", recuerdo, mirando las casas bajas cercadas, a lo lejos, por la barrera de edificios: todo un *memento mori*. No podía imaginarlo entonces, a mis doce, trece años, cuando yo mismo era parte de ese paisaje; no podía imaginar que también un barrio envejece. No hablo de volverse antiguo, pintoresco: digo viejo, sucio, decadente, porque los dueños de las casas han muerto y las viudas como mi madre tienen casi noventa y no se animan a dejar entrar obreros…

Y sin embargo, me digo, algo más poderoso que las casas sobrevive. Pero, ¿qué? ¿Simplemente una banda de asaltantes, de mafiosos, de asesinos? ¿O un mecanismo secreto, un código oculto bajo la fachada de las leyes conocidas? ¿Un lenguaje mudo que las reglas del lenguaje, malamente, intentan reproducir, o arteramente ocultan? Acaso un modo de vincularse que permite a unos ser víctimas y a otros victimarios sin que nadie tenga siquiera necesidad de expresarlo. Pero yo estoy a tiempo de entenderlo, me digo, si escribo.

Porque nunca he sentido aquella noche más cercana; más cercano su horror.

Empiezo.

B

1976

La ciudad es cuadrada. Las calles la dividen, con precisión de grilla, en manzanas cuadradas, idénticas, numéricas. Quien la sobrevolara, esta noche que quiero enfocar —un helicóptero de la policía, un guerrillero que ha conseguido escapar y vuela al exilio—, creería descubrir la verdadera función de esa cuadrícula: una jaula, un plano de operaciones.

Ha dicho el jefe de policía: "Señor, para mí sólo pido lo más duro en el combate". Dijo el gobernador: "Primero los subversivos, después sus cómplices y por último los indiferentes. Todos serán eliminados".

La cuadra en que transcurre esta historia está poco más allá del límite: ahí donde la mente del que planeó La Plata dejó en blanco el papel. Apenas más allá de una larga avenida que rodea la ciudad, la Circunvalación, con anchas ramblas en medio.

Veamos la cuadra de la que hablo: cinco casas apenas, o cuatro en realidad —la esquina en que yo vi al tipo de gorrita, Calle 18 número 3, es un playón de autos usados o robados, y no contará aquí.

La vereda de enfrente es mucho más pequeña. Una manzana triangular o, mejor dicho, una esquina de manzana amputada por el inicio del camino a Buenos Aires. Como una cuña clavada en la cuadrícula, o una proa.

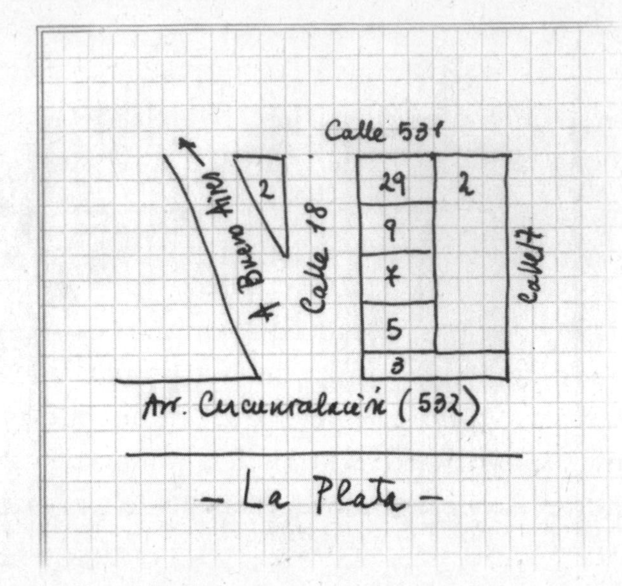

Una única casa ocupa esa manzana, cuya única puerta da al frente de la mía y de la casa vecina —las restantes enfrentan al camino a Buenos Aires, por entonces, mucho más importante.

Un tránsito constante de autos, de micros, de camiones que entran o huyen de la ciudad, un temblor intermitente, recuerda los tiempos en que esto era un bañado, pampa bárbara.

¿GUERRA CONTRA la subversión? ¿Represión? ¿Genocidio? Mi memoria —la memoria del chico de doce años que era entonces— va iluminando hechos más bien como un paisaje. Fragmentos de un mosaico; piezas de un puzzle sangriento que alguien o algo arma, silencioso, en la noche.

Calle 532 entre 13 y 14: una noche arrasan la casa de un marino de YPF, compañero de mi padre.

No roban: lo destrozan todo. La ausencia de motivos, la incapacidad de imaginarlos, instalan el relato, desde el principio, en rango de sagrado. "Entraron", dicen los vecinos, en voz baja, como los acólitos de una religión prohibida, de una secta secreta en la que es mejor no decir nombres.

Hay mudanzas furtivas, sigilosas: primos que piden albergue y que se quedan meses, casi sin salir, estudiando en grupo en la planta alta, para partir de golpe cuando el chico de enfrente, el hijo del marino, me pregunta por qué vienen a casa "esos muchachos", y una hora después un balazo horada, como sin querer, una ventana.

Calle 532 entre 17 y 18. Un estallido en la noche nos incorpora en la cama, a mi madre y a mí: una bomba ha volado entera la casa de un vecino. Los dueños estaban fuera pero igual ya no vuelven. Durante días los chicos hurgamos el impudor de las ruinas, la obscena tentación de los bienes del prófugo.

Hay tiroteos nocturnos, a lo lejos, como un *basso continuo.* Y hasta balas que silban, de pronto, en la ventana, a la hora de la cena. Una tía del campo se escandaliza. Mi madre, en cambio, apenas si deja de comer para pedirnos que la ayudemos a correr la mesa a un lugar más protegido, subir el volumen del televisor y seguir comiendo: "Mañana lo sabremos por el diario *El Día*", dice: cuántos policías asesinados, cuántos subversivos abatidos.

Calle 17 y 532. Una embarazada aparece acribillada y queda allí tendida, casi veinticuatro horas, entorpeciendo el tránsito, rodeada de soldados que cuidan el espectáculo a modo de advertencia.

Ante este caos, por cierto, se tienen opiniones, se atribuyen culpas, se toma posición. Vean a los padres de familia salir a la vereda, temprano en la mañana, a abrir cada uno la puerta de su garaje: con cada movimiento parecen decir algo en relación al orden. Han nacido todos entre el '15 y el '25, han crecido hablando de la Guerra de España y la Segunda Guerra Mundial; han apoyado todos el peronismo y después, tras cada gobierno débil, han aprobado también cada golpe militar, creyendo que impondría en el país aquello que "la milicia" impuso en sus propias vidas. Han llegado hasta aquí creyendo haber creado la vida nacional, y quieren creer que el Proceso tampoco se hace sin ellos.

Véanlos, sí, en plena sesentena, sacando marcha atrás sus autos, cerrando los portones de sus garajes: aún tienen gestos de inmigrantes, movimientos de obreros. Pero están decididos a entrar en la vejez como dándose el lujo privado a sus ancestros: una larga vacación. Por eso disfrazaron los frentes de sus casas de piedra Mar del Plata, el único lugar en que, además, vislumbraron el lujo. No los escandaliza la guerrilla, oh no, a ellos, que han empuñado armas, tan solo la desprecian porque saben que perderá.

Salen entonces sus mujeres, a la vez más robustas y más gráciles, y al verse a lo lejos corren a saludarse y, tras alguna palabra de preocupación apenas susurrada, ("¿Oíste lo de anoche?", "¡Pero qué barbaridad! ¿Cuándo terminará todo esto?"), intercambian noticias de los hijos que empiezan a vivir. Que pronto honrarán el esfuerzo de sus vidas con diplomas, con nietos, con triunfos. En el fondo, no imaginan que puedan ser, ellos mismos, las víctimas.

Calle 19 y 531. Un tableteo de ametralladora intercepta el tronar de dos motocicletas. Cuando todo se calma, un médico de la otra cuadra sale de su casa a auxiliarlos. Todo es inútil. Aquella sola ráfaga a uno le alcanzó el corazón; al otro, hijo de la directora del Colegio Normal, lo ha decapitado.

Razias, operativos. Llevar siempre documentos. Prohibido caminar por la vereda de los edificios públicos: el centinela abrirá fuego. Prudencias que se hacen hábito para poder olvidarlas, para olvidar el miedo. Y es obligatorio declarar las armas, renovar documentos. Apresurarse a constar en el padrón de los perdonados.

Hay leyendas urbanas que se cuentan como chistes: alguien ha caído preso por llevar por la calle un libro sobre el cubismo; otro fue acribillado por sacar de su bolso un frasco con líquido ambarino: no era una molotov, era una prueba de orina.

Pero estoy yendo rápido. La historia que me propongo contar de aquella noche, sucede, ante todo, en mi casa, la casa 9. Veamos por ahora al resto de los vecinos:

Casa 5, departamento A, planta alta. Familia Berenguer. Catalanes, han adoptado un niño de rasgos indios. El padre es otro marino mercante, de YPF, a punto de jubilarse por problemas de obesidad. La madre, ama de casa, de la iglesia evangélica. Han llegado al país en los años cuarenta, pero no como exiliados —el saludo fascista del público en los cines de Barcelona, cuando aparecía el Caudillo en un noticioso, es vivencia que añoran— sino "huyendo del hambre". Que Dios haya dado tanta riqueza a esta tierra de vagos, de negros, los obsesiona... Eso, y no saber cómo decirle a su hijo lo que para el mundo es obvio. En la planta baja, Casa 5, departamento B, tienen un departamento que no se deciden a alquilar, con tantas advertencias como hace la TV sobre los desconocidos.

Casa 7. Familia Aragón. Coca y Martín Aragón, dueños de dos viveros. De anchos ojos verdes, son casi tan hermosos como sus cuatro hijos, de entre veinte y treinta, que posan en la foto mural que cubre entera la pared del comedor: tres varones rugbiers y una hija mayor, menos bella, más temible: en la mirada fija, en la nariz rapaz, parece que ha avistado exactamente la presa con que soñaron sus padres, sin que —como a sus hermanos— la distraiga su propia juventud. Bajo la parra del patio, los domingos, mi padre y Martín Aragón, rodeado de sus hijos, se reúnen a recordar cómo estos se peleaban de chicos con otros pibes del barrio. Desde que viven solos, Coca y Martín viajan, con el auxilio del Automóvil Club, por las provincias, porque detestan los países limítrofes. Una vara con un garfio en la punta cuelga de la parra, lista para enganchar tiburones en playas patagónicas, para atraer dorados en ríos de Corrientes, para doblegar, en el Alto Valle, ramas cargadas de frutos.

Casa 2. La vereda de enfrente. Familia Cavazzoni. El padre es un marino que acaba de asumir un rol indefinido, pero muy importante, en la Gobernación, coronando una carrera tan encumbrada como discreta. Sin precisar las fuentes —y nadie se las pide: su gravedad, su solvencia, parecen ser la prueba de que Cavazzoni *siempre ha estado allí*—, fue él quien avisó a mi padre de la inminencia del golpe; y mucho antes, cuando murió Perón, describió los ritos que el Brujo López Rega hacía sobre el cadáver: la prueba más irrefutable de que las Fuerzas Armadas deberían voltear ese gobierno corrupto. Su esposa, de pantalones, enteca y temblorosa, sale a fumar a veces, a sacudir felpudos contra el palo de la luz. Por las ventanas, entre maquetas y buques y dibujitos de anclas, se ven los retratos de los hijos mayores, vestidos de cadetes en la Escuela Naval. Tienen custodia y un chofer que lleva al colegio a los dos hijos menores: una chica de quince, un chico de unos siete.

Todos estos vecinos, me atrevería a decir, sin tener amistad, se conocen, simpatizan, se respetan. Pero hay algo distinto en la casa 29, como si el incomprensible salto numérico entre esta y la mía, que simplemente es 9, remitiera a una distancia secreta que ya hubiera previsto quien diseñó la ciudad, o numeró los lotes.

Casa 29. Familia Kuperman. La casa de la esquina, la casa que todos llaman, devotamente, el chalet. Fue construida antes que las demás, o mucho antes al menos de que las otras pudieran maquillar su aspecto proletario. Y tiene un estilo más antiguo, que fascina a los chicos, quizá por su semejanza con el País de los Niños —que está a pocos kilómetros— o con esas películas yanquis de nazis y judíos.

El chalet de las Kuperman imita vagamente a una casa del bosque —piedras de *trompe l'oeil*, leños de mampostería y una alta chimenea que envuelve al tanque de agua—. La habitan tres mujeres: la señora Felisa, viuda, de unos sesenta y tres años, y sus dos hijas solteras, de entre treinta y cuarenta.

Pero algo más destaca a ese chalet: una chapa de bronce en la puerta, con el nombre de la hija mayor y su título: *abogada,* la única de la nueva generación que ha logrado, diez años antes, el trofeo al que, secretamente, aspiran todos.

Y hay otra casa que tener en cuenta. Calle 531 número 2. Las casas de la cuadra dan todas a ella por los fondos. Allí vive un matrimonio de ancianos —ella pantalonera, él jardinero— cuyo único hijo, se dice, está implicado en la lucha contra la subversión.

Pero en fin, de mi casa, de la casa 9, ahora, ¿qué podría decir?

Que mi padre la ha hecho surgir junto al chalet de Kuperman, como una suerte de émulo y rival, de imitador y enemigo.

Dos plantas, techo de tejas, un balcón de madera hacia la calle y otro hacia al patio trasero: las barandas de babor y estribor de una nave varada sin proa ni popa.

Y esa extraña preferencia por la piedra Mar del Plata que aparece, aquí y allí, semejando esos huecos de revoque desconchado que muestran antigüedad en países lejanos, donde se construye en piedra. De una vez y para siempre.

Pero de sus dueños, de mi padre, mi madre y yo, la familia Bazán, ¿qué decir? Solo contar la historia me hará saber cómo somos.

Empezar por decir que, a esta casa, una noche, llega un Torino naranja. Con cuatro tipos, armados. Y que ese auto frena de repente, como yo detengo ahora, por prudencia y temor, mi escritura.

C

2010

—Asaltaron la casa de al lado —expliqué a Miki, al mediodía del martes—. Treinta años después, ¿comprendés? Los mismos métodos.

Yo había ido a Buenos Aires a hacer trámites y lo invité a almorzar. No concebía mejor confidente. Sólo él, me había dicho, podía asombrarse, fascinarse, como yo, por la repetición.

—Treinta y tres años después, ¿te das cuenta? Todo casi igual. ¿Qué es lo que perdura?

Miki fue mi alumno, es abogado, judío. Su padre, guerrillero, fue asesinado en el '76, cuando faltaban apenas días para que Miki naciera: la edad de mi recuerdo. Sus tíos maternos, que estaban con el padre al momento del asesinato, fueron secuestrados y, como se dice, aún hoy permanecen desaparecidos. La incertidumbre sobre su destino final ha marcado la vida de Miki. Y la de su madre. Que dirige el Instituto "Rodolfo Walsh" de la Memoria, en las antiguas instalaciones del campo de concentración de la ESMA, donde casi con seguridad sus tíos fueron torturados.

—¿Por qué reaccioné así?, me pregunto. No hice nada. Un vecino me preguntó por qué no llamé al 911. Y yo no sé qué es el 911. ¿Qué es el 911?

Miki deja de comer, recita, irónico:

—*Si ves o sabés algo, llamá al 911* —después explica, con su parsimonia de militante—. La gran conquista del ingeniero Blumberg. Un número telefónico, ¿nunca oíste hablar de él en las películas? Al que puede llamar quien se cree en peligro.

—Pero yo, ¿por qué me callé? —le pregunto a Miki—. ¿Te das cuenta de que en otro país, o alguien de otra generación habría actuado distinto? ¿Dónde aprendí a callarme? ¿Y dónde aprendieron estos ladrones de ahora a actuar como los otros?

La mesera interrumpe con dos cervezas.

—Todo igual —repito, aunque no entro en detalles—. Y al día siguiente, los vecinos que yo no había advertido se acercaron a decirme que habían visto algo raro, ¿entendés? Si nos hubieran llamado a declarar... quizá podríamos haber recompuesto todo. Uniendo los fragmentos. Y también en el '76.

Miki se asombra: treinta y tres años de sufrimiento, fundados casi exclusivamente en esa imposibilidad de declarar. Me cuenta que, hace unos meses, su madre consiguió hablar por primera vez con la única testigo del asesinato de su padre y del secuestro de sus tíos. Una mucama. En Misiones, donde vive. Pero que, tres décadas después, la mujer recuerda poco.

—Y sobre todo, ¿sabés qué fue lo más asombroso de la otra noche? —prosigo—. La sensación: *ya está*. Para ellos, ya está. Fue solo un segundo. Eso que puede quedar treinta años, cuarenta, toda una vida, atormentando a los familiares de las víctimas, a los testigos, para ellos duró un segundo. Eso que permanecerá por siempre en la palabra *desaparecido*, pasó. Porque nadie puede declarar.

Miki me sonríe sobre el plato:

—Ahí tenés una novela.

Él también querría escribir, dice, pero no puede. La militancia no le deja tiempo. Miki es peronista, kirchnerista.

—Y la familia —agrega sonriendo—, la familia.

Y el dolor, pienso. Cada una de estas palabras remueve un dolor. Y si el dolor callado une, el dolor escrito nos separa, de la familia, con precisión de bisturí.

—Siempre quise contar lo que nos pasó esa noche del '76 —confieso, con ese pudor supersticioso de revelar lo que se escribe—. Escribir esos diez minutos en que la patota estuvo en casa... Pero nunca pude. Porque siempre sentí que mi modo de escribir le daba a esa experiencia un sentido que no correspondía.

Miki no responde. Tengo terror de lo que pueda pensar. Pero también una especie de embriaguez de poder liberarme.

—Últimamente imaginé un relato que contara esos diez minutos varias veces, nombrándonos cada vez con palabras diferentes. Porque basta que nos nombremos de manera distinta para que varíe todo el relato, y sobre todo, el juicio del lector. Para algunos seremos, claro, héroes. Para otros, cómplices —digo, temblando—. Colaboracionistas.

Miki me mira como si exagerara. Entonces decido arriesgarme.

—¿Sabés qué hice yo, por ejemplo, mientras la patota daba vueltas por la casa y un tipo con una Itaka me tenía acorralado contra el piano? Me puse a tocar.

Deja de comer. Me avergüenzo, y al mismo tiempo, no puedo dejar de sonreír.

—Lo recordé hace poco, ¿podés creer? Leyendo una novela, *El silencio de Kind.* La protagonista hace eso, en distintas circunstancias. Da un concierto de piano ante un jerarca de la dictadura para poder acercársele después y preguntarle por su hermana desaparecida. Pero, ¿por qué toqué el piano, yo?

Terminamos hablando de música. Pero no digo lo que hicieron mi madre, mi padre, aquella noche. Y cuando me despido, me duele el estómago.

En el micro de vuelta, atravesando la franja de pampa que bordea el río sin otra orilla, ¿por qué no podía dejar de pensar en Miki? Ni de temblar. ¿Por la vieja vergüenza de haberme abierto demasiado a otro varón? ¿Pero en qué me había abierto? ¿Y qué temía que pudiera pasarme? ¿O acaso tenía terror de que la mirada del otro me revelara lo que soy, o lo que verdaderamente había hecho, aquella noche? No, quizá no debía declarar ante Miki ni ante nadie. Quizá solo la literatura podría perdonar. La literatura, ese lector futuro.

¿Y cómo se enteró mi madre del asalto a los Chagas? Quizá por los herreros que llegaron a casa a media tarde del lunes para tomar medidas, mientras yo comía con Miki en Buenos Aires, y ella los dejó pasar contra mis prevenciones sobre los desconocidos. Quizá por la paraguaya mucama de los Chagas que vino después a traer revistas, y le dijo, llorando de resentimiento, que quería abandonar de una vez a "esos dos mierdas" para emplearse aquí, para cuidar a mi madre, "porque esto ya es el colmo" (Nota: si me hubieran llamado a declarar habría agregado: los sirvientes de Chagas no guardan el secreto). Y mi madre, que en su sordera apenas si podía escucharla, casi descompuesta de terror, creyó entender que había quedado a solas con "la entregadora". Como quiera, habría bastado mucho menos para que mi madre entendiese: "A los vecinos de al lado *les entraron*". "Y también con nosotros, si quisieran, lo harían. Y lo harán."

Diálogo de esa misma noche, cuando bajo a casa de mi madre y la encuentro entre visitas: mi tío y su mujer, que tratan de tranquilizarla. Mis tíos. ¿Cómo describirlos? Según los términos de aquel gobernador, serían "simpatizantes". ¿Simpatizantes de qué? En los años sesenta, de la revolución cubana. En los años setenta, también de la guerrilla argentina. Solo por eso a él, sin razón ni explicaciones, un buen día dejaron de pagarle su sueldo en la universidad: prodigiosa movida del ajedrez del Mal que lo condenó a ser exactamente lo que más aborrecía: un farmacéutico y un paranoico.

Conocen al doctor Chagas de recibir sus recetas, de escuchar a sus pacientes. Lo llaman "el rey del electroshock".

De inmediato les digo aquello que creo que ayudará a mi madre: que los asaltantes fueron "los milicos", y que la mujer de Chagas es dueña de varios salones de belleza. Y ellos, como obedeciéndome, miran a mi madre y sonríen compasivamente.

"¿De qué hablan que no oigo?", parece decirnos ella con un gesto de altiva amargura, mientras mira alternativamente nuestros labios que al hablar, a propósito, dejamos casi inmóviles:

—¡Que aquí no entrarán, Ventura! —grita por fin mi tío, su boca pegada al audífono—: ¡Tanta gente no se mueve por una jubilada!

Yo creo percibir que en la broma hay algo de satisfacción: los capitalistas reciben de sí mismos su propio escarmiento. Mi madre no entra en el juego: "Los que sí se moverían por nosotros son los villeros", piensa, estoy seguro. Pero eso, entre nosotros, no se puede decir.

—¿Y saben lo que me dijo la mujer de Chagas? —insisto: quiero, ante todo, que mi madre deje de temer a la paraguaya—. Que al menos habían tenido suerte de que no fueran negritos...

Mis tíos se soliviantan, le transmiten a los gritos el mensaje a mi madre que, cuando logra entender, esboza un gesto de repugnancia. Y ellos ríen de satisfacción.

—Uf, si los conoceré... —dice mi madre.

Pero sé que en el fondo no es tan ingenua como sus primos piensan. Que puede oler la muerte en lo que ha sucedido. Al fin y al cabo, ese es el último pasatiempo que la une a la vida.

Soy yo el que desvía el tema hacia el '76, a la noche en que los milicos pasaron por esta misma casa. Nunca se lo contamos, lo sé. ¡Si ni siquiera hablamos de eso entre nosotros! Pero me gusta echarles en cara lo poco que saben de cosas así.

Porque ahora mis tíos escuchan la radio de las Madres de Plaza de Mayo, ahora se emocionan cuando la presidenta las recibe en Casa de Gobierno, pero durante años consideraron ingenuas las luchas de los organismos de derechos humanos, y siempre se han mantenido ajenos a ellas. Siempre, mientras yo militaba en el grupo de apoyo a las Madres, sugerían que habían quedado "demasiado sensibilizados" como para acercarse a la Plaza.

—De la misma manera, treinta y tres años después —repito—. Y los Chagas dijeron "nos entraron", como se decía en esa época. ¿Se acuerdan? Sin aclarar quiénes. Y el mismo doctor dijo que era "zona liberada...".

Aprovechando el silencio azorado de mis tíos empiezo a enumerar otros recuerdos de esa noche del '76, sin importarme ya si son verdaderos o no, qué es historia y qué confusión de la memoria... Como preveo, no se inmutan cuando menciono el caso Graiver: nada es capaz de conmover su desprecio por los judíos, disfrazado de oposición al Estado de Israel. Pero cuando les cuento que mi madre fue interrogada en la vereda mientras a mi padre lo llevaban al fondo y a mí me tenían arrinconado junto al piano, se paran decididos a irse.

¿Los conmueve demasiado, ahora, esta historia? Lo dudo. No quieren comprender que, de alguna manera, aquella noche nosotros negociamos, porque toda negociación quita pureza, o por lo menos recuerda la impureza de sobrevivir.

—Cómo ha oscurecido —se sorprende mi tía cuando salimos a la vereda. La calle se ha vuelto idéntica a *esa* noche.

Recogida sobre sí, como quien se escabulle por un corredor secreto, mi tía cruza la vereda en sombras. Pero en cuanto llega al auto, un reflector la fulmina desde atrás. El perrito que habían dejado en el auto rompe a ladrar desaforadamente, como si hubiera visto a alguien que mi tía, encandilada, no puede ver. Como, según se dice, ladran a los fantasmas.

Son los reflectores que Chagas acaba de instalar y que se encienden automáticamente en cuanto alguien se acerca. A su luz amenazadora todos contemplamos en silencio la casa de los Chagas, parodia de una nave de ciencia ficción, cárcel y fortaleza. Imposible que mis tíos no se sientan, de algún modo, iguales a los Chagas. Ellos que también han llenado su casa de rejas y alarmas: porque también a mis tíos los asaltaron muchas veces, durante la dictadura y después. Imposible que no envidien el dinero que los Chagas gastan en seguridad.

De pronto mi tío me descubre todavía aquí, solo en el umbral de la puerta abierta.

—¡Pero andá adentro, por favor, querido!

Yo le sonrío, complacido como quien se venga, y él no puede menos que humillarse:

—Uh, perdón. Soy un paranoico, ¿no?

Y sigo sonriéndole: siento que mi verdadera superioridad reside en que puedo escribir.

Subo a escribir, a solas. "Quien no se ha vuelto loco, o es sordo o es senil", anoto en mi cuaderno. Pero enseguida tacho: las frases generalizadoras no sirven para nada; lo que tengo que hacer, de una vez, es narrar lo que sucedió esa noche. Una novela.

A ver: ¿con qué contamos?, me digo, casi de buen humor, como el inspector Dalgliesh ante sus casos. *Una madre. Un padre. Un hijo.* Por lo demás, un montón de diferencias. ¿Con qué? Con los lugares comunes de los relatos que se han hecho sobre esa época.

Recuerdo que fue un Torino —y no un Falcon verde— el auto que descubrí de pronto ante mi casa. Un Torino como el de mi tío Suki, como el que conducía Sandro en sus películas, con el torso desnudo y una rubiecita al lado: el auto de los machos.

Recuerdo que no parecían policías sino ejecutivos de una elegancia extrema, al menos para mí. Recuerdo que vestían esos gabanes té con leche que yo solo había visto al pasar, en gente de la city.

Recuerdo claramente el color de sus Itakas.

Y entonces, mientras escribo sin darme cuenta, el principio del relato, la palabra "gabán" me revela la época que creía imposible precisar: primavera de 1976.

(De modo que ese otro recuerdo: que mientras la patota andaba por mi casa yo toqué una milonga, debe de estar errado; en el '76, sin duda, habré tocado Bach.)

Y comprendo que la escritura es una manera única de iluminar la conexión entre el pasado y el presente. Y eso me alienta a empezar: no como quien informa, sino como quien descubre.

CH

1976

Cuando corrí a la puerta ya estaban hacía rato, se veía, en la vereda. Miraban, alejándose, el balcón, los techos. El tipo que había tocado el timbre apareció ante mí, de pronto, de la nada. Un tipo alto, engominado, de traje y anteojos negros y un gabán té con leche. Mi padre llega entonces —al tiempo que me aparta con un gesto protector, le habla por sobre mi hombro. No atiendo a lo que dicen. Miro un Torino naranja parado aquí nomás. Un Torino con las puertas abiertas y un solo tipo adentro, sentado en el asiento del acompañante, las piernas afuera. Y cuando mi padre les abre me hipnotiza el arma que descubro en su brazo laxo, como entregado al peso. Una Itaka, comprendo: por fin la he conocido.

¿Pero cómo, de qué modo se habrán presentado, para que mi padre, a esa hora, los dejara entrar? ¿Qué habrán dicho que eran? ¿Y qué habrán visto en nosotros?

Mi padre había cumplido, estaba por cumplir, sesenta años. "Un indio viejo", habrá pensado el tipo. Un indio aporteñado. Forjado en el trabajo, derrumbado en los meses de la jubilación. Ansioso de servir para justificarse.

"Mi pibe", quizá dijo mi padre a ese tipo que, por conveniencia, llamaremos el Jefe: "Este es mi pibe", como si yo fuera parte de lo ofrendado. Y él mira a ese negrito que soy, y quizá ya presiente que yo pienso en mi prima. Que yo he quemado libros, con ella, sabiendo que vendrían.

Llega mi madre entonces, secándose las manos en el delantal. Rubia y bajita, cincuenta y cinco años, aspecto descuidado, conserva todavía una buena figura. Comprende lentamente, pero cuando lo hace, su cara se demuda.

¿Y habría allí alguien más, en la calle, esa noche, mirándonos? ¿Los vecinos de enfrente? ¿Y entre esta escena y la siguiente, entre uno y otro recuerdo, cómo sigue la historia?

Digamos: el Jefe nos escruta, uno a uno. *Un viejo. Una vieja. Un adolescente.* Compara. Y al tiempo que el resto de los tipos, sin pedirnos permiso, entra y se desplaza por la casa a husmear el tufo enfermo de nuestra intimidad, él concluye.

—Documentos —supongamos—. Documentos.

Mi padre nos traslada la obligación con una sola mirada. Yo miro a mi madre: ¿debería ser parte de esa cadena de mandos? Ella me dice que acate. Al fin y al cabo es usual que pidan documentos.

Yo voy hasta mi pieza a sacar la cédula de la mesa de luz. La cédula rosada, provincial, que me hicieron hace unos meses, poco después del golpe. En el piso de arriba se oyen pasos, puertas que se abren, voces, portazos. ¿Verán el cielorraso del cuarto de mi prima, manchado de ceniza desde la noche en que quisimos esconder su agenda en las bocas de la calefacción? Quisiera hablarle ahora. Decirle: "¡Al fin vinieron!". ¿Y no fui yo quien le dijo que el chico de enfrente comentó: "¡Cuántos jóvenes se acercan a tu casa!"? ¿Y no fui yo quien vio la bala y la alzó del piso y se la mostré después de que pasó aquel auto y se rompieron los vidrios de la ventana de mi cuarto?

¿Y habrían "liberado" las calles aledañas, obligando a los autos a desviar el rumbo?

Cuando regreso al living me lo encuentro a mi padre emplazando a mi madre, exigiendo rapidez, y mi madre que grita, también, "¡Un momentito!". Porque a ella la molesta que la manden, pero más la exaspera plegarse al arbitrio de mi padre, como cuando vamos por la ruta y él maneja, como si cada maniobra suya pudiera acarrear la muerte. Y los nervios la confunden mientras revuelve en el aparador de la cocina un caos inextricable de libros y paquetes de especias, de frascos y cajas con pañuelos. Yo entrego el documento pero nadie lo mira —el pequeño altercado los arrebata a todos. Hasta que al fin la veo traer entero el portafolios negro, temblando de furor y apenas de vergüenza:

—¡A ver, buscalos vos, si estás tan nervioso!

Mi padre toma su portafolios, saca su primera libreta de enrolamiento y se la extiende al Jefe. Y así el Jefe se entera de que se llama Antonio. Que su apellido es Bazán. Que nació el 13 de marzo de 1916, en La Rioja, sitio que evoca, desde siempre, barbarie.

Después mira la foto que lo muestra a los dieciocho años, tantos años atrás, en traje de marinero, y se vuelve a mirarlo (y mi padre baja los ojos, y separa los labios, e interrumpe su jadeo como si le asestaran una estocada mínima, por un segundo apenas, pero yo sé entender: se avergüenza pero está acostumbrado a dominar su vergüenza). Y el Jefe vuelve a leer.

—Tráigame uno más nuevo —dice el tipo, cortante.

Y mi padre se vuelve hacia mi madre y le ordena que busque una libreta más reciente, como enrostrándole un error, y ella niega que exista, dice que debe haberla perdido, y el furor los anuda.

—Mi cédula buscá.

—¡Pero cómo puedo saber yo dónde la dejaste...!

Y ahora oímos que los tipos salen al balcón de atrás, el que da sobre el patio, y que la perra, al verlos, les ladra desde abajo.

Y mientras mi madre vuelve a revolver el aparador de la cocina el Jefe mira su libreta cívica y se entera de que ella se llama Ventura Yrla, que nació el 15 de junio de 1920 en el puerto de Ensenada: sitio que evoca, pienso, casas de chapa, el cielo rojo, incendiado por la destilería, y prostitución, y peronismo.

Una foto la muestra en 1947, el año en que Eva Perón consiguió para las mujeres el voto femenino. Un peinado, un vestido y un aire de película de la Segunda Guerra.

Yo creo saber qué piensa el Jefe. Cuando en 1913 el general Mosconi ordenó que aquella destilería se estableciera en Ensenada, dispuso que no se contratara a pobladores cercanos, todos inmigrantes y casi todos anarquistas; y que en cambio se trajera del norte gente nativa y sumisa.

¿Y qué puede haber juntado a un negro y una rubia? ¿Qué pudo haberla desmadrado así?

—¿No hay nadie más en la casa? —pregunta por fin el tipo.

Mi padre, un poco perplejo, dice que no (¿no lo están viendo, acaso, aquellos tipos que requisan los cuartos?). Y mientras mi madre desde la cocina vuelve a anunciar que no, que al parecer no hay allí ninguna cédula y mi padre protesta, yo de pronto entiendo que el tipo ha comprendido algo, algo que ni yo mismo puedo entender.

Y es por esa vergüenza, sí, es por pura vergüenza que salgo corriendo hacia el garaje. Tan pronto entro allí, dos tipos que están revisando el auto se alarman y me apuntan.

—Vengo a sacar del auto la cédula de mi padre —les digo.

Si me asusto, el miedo dura poco: lo aniquila el alivio de no estar cuando el Jefe mire mi documento.

Y ellos me dejan paso.

Tendido en el asiento delantero yo hurgo en la guantera, y entre el Manual del Ford Falcon y la Virgencita de Luján fosforescente y los mapas de La Rioja, rebusco el documento que nos franqueó la entrada, hace muy pocos días, al aeropuerto de Ezeiza, a despedir a mi profesora de piano que volvía a Suiza.

Pero finjo demorarme, porque imagino que el Jefe lee que me llamo Leonardo Diego Bazán. Que nací el 8 de junio de 1963, en el centro de La Plata.

Y pienso que ha de asquearlo mi foto que tiene solo un año. La foto irrevocable, porque no hay tiempo de sacarla otra vez, porque hay colas y colas de personas que esperan angustiadas entrar en los registros, y porque no es cuestión de volver a 1 y 60: Montoneros asalta cada tanto el lugar para hacerse de documentos falsos.

La foto en que he salido tan horrible con mis labios enormes y este pelo motoso. La foto en que parezco disfrazado, con el uniforme del colegio de los hermanos maristas, donde casi no hay negros.

Aquí está la cédula de mi padre. Con su cinta argentina orlándole una esquina.

—Vamos, pibe —me dice un tipo.

Y salgo del garaje.

Mientras tanto los otros, los que estaban arriba, empiezan a bajar por la escalera dando voces: han encontrado algo.

Pero cuando llego a la sala veo que entre mis padres y el Jefe están escrutando mi partida de nacimiento, que quizá le entregaron para identificarme, porque por alguna razón no le basta aquella cédula rosa.

O porque el Jefe quiere comprobar, sí, que soy su hijo.

No el hijo de unos padres fugitivos o ausentes, como el Jefe habrá supuesto. El último, el menor de aquella generación de la que se sospecha, a la que se persigue.

El último hijo posible de estos viejos. Si se hubieran demorado apenas unos meses habrían debido adoptar, como los Berenguer a su indiecito.

"Pero no le digas a nadie esto que acabás de leer", me ha dicho mi madre cuando descubrí esa partida en el portafolios negro, y junto a su nombre, las palabras "madre soltera". "Secreto. Que los curas del colegio te pueden echar."

Los tipos que llegan de arriba nos rodean. Mi padre los recibe con un orgullo extraño que yo sé comprender: esta casa es su logro.

Yo entrego la cédula de mi padre y el Jefe se sonríe. La orla de cinta argentina, como yo suponía, lo tranquiliza.

Pero los tipos le hacen una seña que el Jefe de inmediato entiende. Y decide pasar a otra cosa.

—Acompáñelos al fondo —ordena a mi padre—. Y usted —dice a mi madre—. Usted, venga conmigo.

D

2010

Si me hubieran llamado a declarar, habría dicho que, diez días después del asalto a los Chagas, el episodio ya no parece más que una herida secreta de cuya evolución da cuenta el incesante repertorio de medios de defensa que mis vecinos instalan en su casa.

Hay herreros todo el día, al mando de un maestro herrero que secunda, él, a Chagas, en su frenesí de imaginar rejas nuevas para los ventiluces, las bocas de ventilación y hasta los desagües pluviales. Y cuando ya no le queda orificio que enrejar, Chagas decide que esas rejas, por alguna razón, no son demasiado resistentes, y ordena arrancarlas y cambiarlas por otras, groseras como barrotes.

El día en que recibo en casa a los herreros aprendices (el maestro no ha querido molestarse por tan poco), los muchachitos se burlan de los Chagas, me dicen lo que el Maestro les cobra: no puedo creer que un psiquiatra maneje tanto dinero, y mucho menos que lo dilapide así —a menos que ostentarlo sea otra manera de protegerse.

—Pero es que ese tipo ha de estar en algo raro —me asegura una amiga riquísima, quizá por puro hábito de desentrañar policiales, quizá por competir con mi poder de deducción, quizá para demostrar que no todos los ricos son iguales.

—La cana tendría un dato, esa noche. Sin dudas. Y ese doctor no es trigo limpio.

Pero, ¿en qué podría estar metido un tipo que se parece, según el lugar común, a uno de sus locos o, más bien, a un científico loco de *Cartoon Network*? Esa casa cada vez más semejante, sí, a un castillo de malvado de historieta, con su porche como una cama con baldaquino de piedra y blíndex en lugar de tules, y todas esas rejas y cámaras y, sobre todo, esa espectacular cantidad de luces.

—Parece un souvenir —ha dicho mi amiga—. Un souvenir gigante.

Un souvenir, me digo, sí, pero de algo que solo yo recuerdo. Yo y ellos, me corrijo, cuando los veo salir, con cara de estar pagando un pecado secreto, en su cuatro por cuatro —al consultorio, a sus salones de belleza— a devolver tranquilidad o aspecto armónico a los burgueses neuróticos, aterrados por la prensa y el fantasma de la inseguridad. Una tranquilidad que ellos saben, mejor que nadie, que ya es imposible.

Y en cuanto a mí, durante unos diez días hago la misma vida: me levanto a las siete, reviso el correo electrónico, saco a pasear la perra y me entrego a una novela que no me satisface —que no brota de mí.

Porque, ¿qué es el bloqueo de un escritor? No la simple incapacidad de escribir, sino de escribir de acuerdo con su verdad más profunda: conectando su imaginación con el centro oscuro de la personalidad que exige salir a flote en forma de relato. Libérame o te devoro.

Y hacía años que sentía que estaba escribiendo en vano. Hojarasca. Incapaz de volverme digno de mi propio destino.

Un día, mientras tomo apuntes sobre la antigua casa de las Kuperman, suena el timbre: es Marcela otra vez, con anteojos negros, como estrella de incógnito, o una agente secreta, me digo, dispuesta a reportar.

"Justo estaba escribiendo sobre vos", me dispongo a decirle, ridículamente, cuando algo me intercepta: Marcela me mira fijo, callada, como si ya no creyera que yo soy de confianza.

—PERDONÁ que te moleste —dice Marcela— y que te haya hecho bajar, pero, ¿vos no notaste nada, no?

De arriba parecía inmóvil, pero está, ahora lo noto, desquiciada en su miedo, y tiembla en cada músculo, y se mueve continua pero imperceptiblemente, un paso para aquí, otro para allá, recelosa pero en vano: "Donde está el cuerpo está el peligro".

—¿No notaste nada vos, hoy, por la mañana, ni en toda la noche…?

Tengo una sensación clara: si me confío demasiado a Marcela, la corriente de su locura me arrastrará. Niego con la cabeza.

—Nos entraron otra vez, esta mañana —murmura como para sí, desviando la vista.

Yo grito y mi sorpresa, aunque no sea fingida, parece sonarle a ella exagerada y algo idiota. Al fin y al cabo los Chagas no han hecho otra cosa que prever, que esperar otro ataque.

—Esta mañana, a eso de las nueve. Y Robert dice que debieron entrar por aquí, por tu casa.

Alertada por mi perra, mi madre se asoma a su ventana. Marcela, ya menos por protegerla a ella que para hablar conmigo a solas, me aparta y me empuja en dirección a la esquina.

Cuando pasamos frente al garaje de Coca Aragón demora un poco el paso y señala el techo bajo:

—Quizá entraron por aquí arriba. Eso supone Robert. A tu casa.

La casa de Coca es casa de una planta, de techo bajo, sin esos vidrios rotos que se pegan en lo alto de las paredes para que nadie trepe. Quien quiera entrar aquí no tiene que violar nada más que la ley, decidirse y apoyar cómodamente un pie en cada piedra Mar del Plata, como por una escalera.

—¡Dios! ¡Pero claro! —recuerdo, como quien ruega—. Una mañana, hace poco, encontré en la vereda un montón de ramas rotas de aquella enredadera. Y pensé que eran la prueba de que alguien había trepado.

Satisfecha, Marcela no me dice nada, y siento que me desprecia por tonto o por traidor... ¿Seré yo, entonces, el culpable, porque otra vez no dije nada? ¿Y qué debí haber hecho? ¿Declarar? ¡El 911! Pero si los mismos Chagas me pidieron que guardara el secreto...

Seguimos caminando. Cuando llegamos a la puerta de Coca, Marcela de pronto se para y toca el timbre, con el aire resuelto de quien tiene un plan alternativo y está decidido a ejecutarlo: y ese plan es denunciarme.

—¿Pero a qué hora fue? —pregunto—. Si yo estoy despierto, escribiendo, desde las siete... —sé que no tengo derecho, pero solo mostrarme interesado puede salvarme. Y de nuevo me siento a punto de decirle que estaba escribiendo sobre ella, y me frena el presentimiento de que haré el ridículo—. Yo los habría visto, Marcela, los habría oído… Mi perra les habría ladrado…

Marcela sonríe con sarcasmo, mirando para atrás con el rabillo del ojo… ¿Piensa que los protegí? ¿O la complace humillarme?

—Encontramos comida en el quincho del fondo. Cartones de vino, panchos —Coca no aparece—. Deben haber llegado a eso de las cuatro, cuando todavía estaba oscuro. Pasaron por aquí. De aquí pasaron a tu casa, de tu casa a nuestro quincho y allí tranquilamente esperaron a que nos levantáramos y desconectásemos la alarma. A las nueve, Robert sacó el perro al jardín. Entonces llegaron, tranquilamente, desde el fondo.

—Pero yo no escuché a Jazmín ladrar esta mañana —insisto estúpida, distraídamente, porque no puedo tolerar la idea de que los tipos hayan estado mirándome, desde el fondo, despertar, salir a mi balcón, dar de comer a los pájaros, empezar a escribir, creerme libre, seguro.

—Pero esta vez fue más violento, ¿eh? —confiesa Marcela—. *Mucho* más violento.

Y ya no dice más. Algo en su actitud me impide preguntarle.

Casi exasperada, Marcela vuelve a tocar el timbre de Coca —¿pero qué quiere decirle, ella siempre tan cuidadosa de no perturbar ancianas?— y me pide una explicación por su demora.

Coca tiene noventa y un años, le digo, descontando que hace mucho que no la ve, y está muy gorda, y camina con un trípode y con gran dificultad.

Pero en el fondo solo trato de imaginar qué pueden haberles hecho a los Chagas, esta vez, de tan violento. Marcela no luce golpes ni heridas.

Como sea, comprendo, han empezado a caer uno a uno los métodos de protección de su marido. Todos aquellos aparatos ridículos, todas sus tácticas para manejar a los ladrones como a sus pacientes psicópatas, han fallado escandalosamente.

¿Y cómo seguirá esto?, me pregunto. ¿Cuál es el límite? ¿Debo yo integrarme a esa carrera de locura? ¿Por qué cuidar de mi jardín, si es un patíbulo?

—Yo me voy a ir de acá —dice Marcela ante la puerta cerrada, como dolida por una deliberada impiedad de la vieja, y casi no se mueve. Tardo en entender que no se refiere a este umbral, ni siquiera a su casa, sino al barrio todo—. Robert no quiere, pero así no se puede más.

Solo ha venido hasta aquí a cumplir un pedido de su marido, a buscar un dato que lo ayudará a planear una última estrategia; pero Marcela ya no cree en él y aprovecha para castigarme como si quisiera castigar a la realidad por haber puesto en evidencia su ineptitud.

Digo que la comprendo, que así no se puede más, y me mira incrédula. En la voz se me nota una culpa atroz, pusilánime, por traicionar a mi gobierno, a mi ideología. O un miedo casi infantil de quedarme sin ellos.

Solo que Marcela de pronto ha perdido la compostura, parece sentir que llevada por el odio ha cometido un error fatal, que ha dicho *demasiado.*

—Pero por favor, querido, no le digas a nadie que nos vamos, ¿eh? —y después agrega, como si discutiera con Robert—: Nos vamos a ir, nos vamos a ir, no importa dónde…

—Bueno, pero venderán rápido —trato de consolarla. Y yo concibo un miedo que solo entenderé después: si ellos se van, si la casa queda vacía, mi casa quedará expuesta, desprotegida. Será la próxima.

—¿*Esta* casa? —dice—. ¿En *este* barrio?

Como si todo el barrio tuviera la culpa, como si al mudarse aquí ella hubiera, me digo, caído en una trampa. ¿Pero cuál?

Hasta que algo la sobresalta como una detonación, algo que no sé qué puede ser, cuál de los mil ruidos de la calle a mediodía.

—¿Pero cómo es posible que Coca no esté? —se impacienta Marcela—. ¿Cómo es posible?

En verdad es extraño, y de pronto yo mismo temo lo peor.

—¿Y el marido tampoco está? —me pregunta.

No lo puedo creer.

—El marido se suicidó —le digo— hace unos trece años.

Marcela no se inmuta: no sabe nada de nosotros, nunca ha querido saber, y los últimos sucesos prueban que así fue mejor.

Para conseguir su piedad empiezo a enumerar todas las "bajas" que ha sufrido el barrio desde la muerte de mi padre; la cantidad de viejos que han muerto desde entonces.

—Ah sí, por aquí va a pasar la Parca… —me corta, enigmáticamente al ver pasar a un viejo que vuelve de pasear el perro, y así como así se despide y me deja solo.

Y yo, a solas con la preocupación por Coca, recuerdo el suicidio de Martín, que me contó mi padre cuando volví de un viaje: Coca llegando a casa por la puertita del fondo buscando a mi padre, gritando "¡Martín se pegó un tiro! ¡Martín se pegó un tiro!". Mi padre que lee en el cuerpo de él, en su suicidio, un mensaje secreto, del que nunca me habló, y del que nunca se pudo recuperar. Y después, el interrogatorio ante la policía que, esta vez sí, los llamó a declarar a él y a mi madre a la comisaría.

No, Coca no va a salir, comprendo, aterrado.

Corro a mi casa.

Cuando llego a la planta alta me asomo al balcón de atrás, pero me distraigo mirando el techo del quincho donde anoche, hasta hace un rato, han estado los asaltantes, comiendo, adueñándose de cada cosa, quizá burlándose de mí.

Después miro, a mis pies, el patio de mi madre, el techo de chapa oxidada y carcomida, el jardín desastrado, la pileta vacía, fisurada, cubierta de tablones, y siento vergüenza y a la vez alivio de que hayan comprobado nuestra pobreza. Pero quién sabe, quién sabe, si nos habrán descartado.

Y no, no hay rastros de que esta vez hayan pasado por casa. ¿Pero dónde está Coca?, me pregunto, asomándome por fin hacia su patio, tratando de mirar bajo su parra, entre las plantas enormes, que ya nadie controla. Escucho voces, pero solo es la radio que Coca siempre tiene encendida, en la misma estación; la emisora de tangos que Martín escuchaba cada mañana y la que estaba sonando cuando se pegó el tiro. ¿Y cómo podrá seguir viviendo mi madre, me digo, si lo que temo que haya sucedido de verdad sucedió?

Hasta que al fin oigo que mi madre abre la flamante puerta de rejas de su cocina, la escucho despedirse de Coca que ha estado desde temprano con ella, aquí abajo, tomando mate y preocupada porque, en efecto, durante toda la noche, ha escuchado ruidos raros.

Pero yo me escondo: no quiero explicarle que una banda de criminales la ha mirado dormir. Obligar a mi madre a que imagine qué podría haber pasado. Y me vuelvo a la computadora.

Durante mucho tiempo he querido escribir, también, otra historia real, que me contó mi amiga Alida. La historia de una mujer que una noche, en plena dictadura, oye que alguien entra por la ventana de su lavadero. La irrupción le da tanto miedo que, en la oscuridad, se finge dormida hasta que al alba el invasor se va. Pero al día siguiente, a la misma hora, vuelve a escuchar ruidos en el lavadero, y el tipo vuelve a entrar por la ventanita y ella vuelve a simular que duerme, y así hasta que por fin el consorcio, sin su consentimiento, decide poner rejas a todas las ventanas del edificio. "Hace meses", escribe una mano anónima, con aerosol, en la puerta de la casa, meses después. Mi cuento bien podría decodificar ese grafiti e inventarle un final.

Solo me ha disuadido la semejanza de esa anécdota real con un cuento de Cortázar. Pero no puedo no pensar que me he convertido en eso: en una especie de casa tomada.

Quizá mis rejas sean la escritura. Pero quizá las cosas se repiten para que uno comprenda, me digo, y mi modo de entender es escribir.

¿Pero qué escribir ahora? Escribir, precisamente, sobre *la táctica de entrar por los fondos.*

E

1976

—Acompáñelos al fondo —ha dicho el Jefe a mi padre. Así lo dice: como si él ya no fuera el dueño de la casa.

Y mi padre acata y los acompaña con una disposición que creo reconocer: entre todos los hombres que han hecho, como él dice, "la milicia", hay acuerdos secretos que aún me están vedados.

—Y usted, venga conmigo.

Y mi madre, que en cambio no comprende qué puede estar sucediendo, sin mirarme una vez, sale a la vereda.

¿Y la gente del barrio la ve salir, así, como una acusada que en un juicio oral sube al banquillo? ¿Vestida así, así nerviosa, mostrarse ante todos?

Yo retrocedo, de espaldas al piano. Me siento en el taburete. Si me viera mi prima. Tan pronto pase todo la llamaré por teléfono. Pero mejor que no esté...

—¿Ha visto movimientos raros? —pregunta el tipo a mi madre—. Entre sus vecinos, digo —y ella dice que no, con sorpresa y escándalo: ¿por quién la toma?—. ¿Ha visto hoy a sus vecinas? —insiste el tipo.

De modo que es por ellas.

—¿No ha visto llegar su auto, hoy? —pregunta el hombre.

Pero mi madre no sabría decir ni siquiera qué auto tienen (tienen un Dodge blanquito, pienso que podría decirles yo, si me atreviera. Y antes, un Siam Di Tella negro, hermoso. ¿Pero qué diría mi prima?).

El tipo no le cree. Y sé que si mi madre dijera lo que sabe, desconfiaría aún más. Diría que tenía azucenas, la señora Felisa, en el cantero de la esquina, y que aunque son judías, nos daban siempre un ramo para que en el mes de la Virgen yo lo llevara al colegio y lo dejara ante el altar. *(¿Y eso qué importa?)* Que Ruth, la menor, es profesora de plástica— una vez me llevó al País de los Niños a un concurso de manchas, y al teatro, con Simón, su sobrino—, y que por ella me inscribieron en la Escuela de Estética. *(¿Y eso qué interesa?)* Y que una vez, mientras estaban en Miramar, entraron a robarles; y que cuando volvieron, alertadas por la propia policía, fue mi padre quien las acompañó a recorrer la casa y a hacer la denuncia de sus tesoros perdidos, fantásticos, secretos, que me hicieron soñar, por años, que yo mismo era el ladrón. *("Ah sí, eso lo sabíamos", quizá le diría el tipo. Quizá por eso mismo han ido para el fondo.)*

Y entonces debió de ser que le preguntaron un nombre. Y que mi madre lo dijo y que yo la escuché.

Algo convoca al Jefe, que corre hacia la esquina. Yo aprovecho y salgo a la vereda.

—¿Dónde está tu padre? —me interrumpe, enseguida, como si no hubiera estado pensando en otra cosa.

—¡No, mamá, no digas nombres...!

Ella al principio no comprende, pero cuando lo hace se indigna.

—¡Pero andá para adentro, querés! —y veo que, de furia, sus ojos se humedecen y le tiembla la pera.

Yo RETROCEDO de espaldas hasta el piano, enfrento el teclado, lo acaricio, miro la partitura de la pieza que he intentado aprender inútilmente. “No preguntes nombres”, me decía mi prima, “no tenés por qué saber”. Yo le preguntaba de todo a esa chica lindísima que trajo a vivir a casa, compañera de estudios, y que nunca salía a ninguna parte. Me fascinaba que tuviera el mismo apellido que mi madre, Yrla, sin ser pariente nuestra. Y que en cambio fuera de una familia rica. Mi padre estaba embarcado, y mi madre temía que volviera y la encontrara, con su cara extraña, despreciativa, triste. “¿Es montonera?”, la arrinconó mi madre, un día, a mi prima. “¿La estamos refugiando?” “No sé, tía”, decía ella. “Es mejor no saber.” Y mi madre lloraba, igual que ahora, de furia. No soporto que llore, aunque no tenga razón. Miro la partitura. Un estudio de Chopin. Pulso algunas notas. Soy chopiniano. Cuando escucho los conciertos de Radio Nacional, siento que soy romántico; pero solo sé Bach. Anna Magdalena Bach. La *Polonesa en Sol Mayor* que aprendí de memoria.

Y ahora aquel pibe, ¿qué hace?, se preguntarán los vecinos. ¿Para qué toca el piano? ¿La deja así a la madre sola con el cana que ya vuelve, cada vez más furioso, a seguir interrogándola?

¿Y el apellido Kuperman no es judío alemán? ¿No les pregunté un día, a las Kuperman, si conocían la ciudad de los Bach? ¿Y no fue Ruth Kuperman la que aconsejó a mi madre que me anotara en la Escuela de Estética? Y por eso mi padre no quiso que fuera más. Me acuerdo de la tarde en que mi madre me llevó a consultar a un profesor de piano. Ella y mi padre habían peleado mucho. Yo tenía que hacer un trabajo práctico de Ciencias Naturales, mi madre me ayudaba a distribuir lentejas, porotos, garbanzos en bolsitas de papel de seda y al mismo tiempo discutía, hasta que mi padre se fue a su cuarto y mi madre le gritó un insulto y entonces él volvió de pronto y la tomó del cuello y yo apreté sus brazos hasta que la soltó. Y mi madre lloraba mientras yo escribía nombres sobre aquellas bolsitas —caían sus lágrimas borroneando la tinta— y esa noche ella se vino a dormir a mi pieza, y yo por la ventana vigilaba el patio en que mi padre afilaba no sé qué, a esa hora. Y sí, fue al día siguiente que mi madre, en plan de darme cualquier gusto, me llevó a ese conservatorio de 8 y 41 —y escuché al profesor tocar para mí. "Por Dios", dije. "¿Qué es eso?" "Schumann", dijo su hija, una chica pelirroja de mi edad a quien de pronto envidié amorosa, insoportablemente. "Conmigo o con otro, señora", concluyó el profesor, "pero no deje de hacerle aprender el piano a este chico. Tiene mucho talento". Creí lo que decía: había llamado talento a eso que se había agolpado en mí. Eso que al fin se desbocó y me hizo llorar, como llora la música.

¿Y habrán visto los vecinos, por la puerta entreabierta de mi casa, por detrás de mi madre que respondía

preguntas, cómo otro de los tipos llegaba desde el fondo y se me ponía detrás a escuchar, a escrutarme, como si no entendiera?

Termino de tocar. Y cuando llega el acorde de octava del final, en lugar del aplauso, en lugar del silencio, suena la voz de un tipo que me hace pegar un salto.

—Lindo —dice a mis espaldas, y me doy vuelta y veo que me mira intrigado.

Mi madre llega entonces. Me gusta no haber escuchado su interrogatorio. Y mira al tipo y me mira a mí, y creo que ha entendido algo que para mí es un enigma.

—Basta, negrura —me emplaza—. Ya está bien —como quien dice "está bien, te perdono, estamos todos muy nerviosos. Pero esto es demasiado".

Y AHORA llegan del fondo las voces de los tipos que vuelven hacia aquí. La perra que les ladra. Mi padre que le ordena, calmo él mismo, que se calme, que deje de torear.

¿Por qué tardan en entrar? Los oigo demorarse en la cocina y aceptar vasos de agua que mi padre les ofrece, como una tabernera, y por fin lo veo aparecer, sonriente, con una cara, sí, que es casi de otro hombre, porque la transfigura una gran felicidad.

Una cara de dueño, dueño de su casa y su vida. Y de nosotros dos. Una cara —me digo— que debería figurar en un nuevo documento. Porque esa foto cuenta por sí sola quién es: quiénes lo han querido en este mundo y qué ha hecho él para honrarlos. Cómo se ha ganado la condecoración de esa cinta argentina que recruza una esquina de su cédula actual.

Pasaron por el fondo a casa de las Kuperman, y no encontraron a nadie. Es cierto. Pero él ha demostrado que aún es un buen soldado.

F

2010

Si me hubieran llamado a declarar, habría descrito que, después del segundo asalto, los Chagas, como bromea mi amiga, "han pasado a la clandestinidad". Solo vienen a su casa de día, de un sitio que se niegan a revelarme, con un aire travieso que, por supuesto, me ofende y desafía a adivinar. Por el perrito que Marcela lleva en un canasto tubular, de esos que se usan para cargar el equipo de mate, deduzco que viven en un edificio donde no se admiten animales.

Por la mucama paraguaya que llega, a veces, vestida con su guardapolvo verde y la llave en la mano, a recoger diarios y cartas, a continuar con la mudanza hormiga y mantener la apariencia de casa habitada, comprendo también que ese edificio no puede estar muy lejos: uno de esos edificios nuevos y lujosos que cercan nuestras casas.

Carlos, el jardinero boliviano que viene a media mañana y se queda todo el día, me pregunta sobre filtraciones y acepta mis reclamos sobre la falsa vid que nos invade. A solas, en una casi complicidad, por momentos siento que trata de averiguar qué pasó con sus patrones como para que se hayan mudado de ese modo, o qué sé yo de lo que pasó. Y si le pido alguna ayuda, a modo de castigo, me cobra tanto como les cobra a ellos.

La última novedad es otro reflector inmenso que se enciende en el terreno de atrás, sobre el quincho de los Chagas, de forma automática, y atraviesa con su luz el fondo de las casas, y las casas también si es que, como nosotros, no se tienen persianas. Mi madre, por la noche, ya no necesita encender las lámparas para moverse en su insomnio. Una madrugada, cuando llego a casa, la encuentro en su cocina, a esa luz glacial, mirando hacia el patio:

—¡¿Estás triste?! —le pregunto—. ¡¿Te pasa algo?!

Las rejas proyectan sobre ella su sombra carcelaria.

—Pienso en los que vendrán —confiesa tras mucha duda; y enseguida, como si temiese que la malentendiera, con una tristeza exagerada, explica—: ¿Quiénes serán los nuevos vecinos?

—¡Por Dios, mamá! —me irrito—. ¡Como si no pudiera llegar buena gente!

Ella no me contesta, pero tampoco se tranquiliza. Quizá le parezca injusto que a esta altura la vida le depare una sola persona más de quien preocuparse. O quizá no es verdad lo que me ha dicho, y tiene, como yo, un tormento secreto, un recuerdo que no la deja dormir.

Una mañana encuentro a Marcela en la vereda y le pregunto por la venta de la casa. Me dice que "no es fácil vender *acá*", con un gesto de desprecio por el barrio que quizá se extiende al país todo. Culposo todavía, le pregunto si no le convendría mudarse a un country.

—Oh no, querido —me dice—, esas son cárceles para ricos.

Otro día Marcela toca el timbre y me asegura que nuestra única esperanza es que alguien venga y nos compre nuestras casas para demolerlas y levantar edificios.

Y dice que si yo también pongo en venta mi casa, y si convencemos a Coca de que venda la suya, nos darán muchísimo más dinero por los cuatro terrenos juntos. Le confieso que vender también es mi sueño. En el fondo, solo me sostiene imaginar qué haré cuando muera mi madre, pero sé que mudarse sería como matarla, y que lo mismo sucedería con Coca Aragón.

—Ah claro, pobre —se compadece sarcásticamente: sé que Robert le ha dicho que la relación con mi madre es enferma.

Con una mueca de burla dice que no me preocupe, que aunque se muden verán el modo de seguir pasándole psicofármacos a mi madre.

Pero al día siguiente, como si se vengara mostrando al mundo que mi madre y yo estamos solos, indefensos, sobre el frente de su casa cuelgan un inmenso cartel: EN VENTA.

HASTA QUE un atardecer, al llegar a casa, noto un alboroto al lado, y descubro a los Chagas que controlan un ajetreo de sirvientes con la ansiedad alegre de los negocios que nos cambian la vida y una despreocupación que me lo dice todo.

En cuanto me descubre, Marcela viene hacia mí, reconvenida por Robert. El gran síntoma de su locura, parece diagnosticar el doctor sonriendo resignadamente por sobre el hombro de su mujer, no es ya la compulsión a sospechar sobre posibles ataques, y su propio cuello ortopédico, sino esta incontenible pasión por los negocios.

Porque Marcela me dice que han vendido, sí, que por fin han vendido la casa y que pasado mañana, sábado, tienen que entregar las llaves; pero está preocupada porque en ese departamento en el que ahora viven no tienen lugar para no sé qué paquetes con no sé qué implementos del salón de belleza. ¿Y no tengo espacio yo en mi casa, ahora que vendí el auto de mi padre?

Yo le digo que por supuesto me gustaría ayudarlos...

—Pero —improviso— no te imaginás la cantidad de cosas que juntaban mis viejos...

La verdad es que ya he tirado casi todas esas cosas. Y que, ahora que se van, no quiero tener más vínculos con ellos.

—Oh, solo por unos días —ruega Marcela con una mueca de niña caprichosa, mirando hacia arriba, a la ventana de un cuarto iluminado a pleno.

—Vení, vení que te los muestro, vas a ver que es poco, que podés...

Y estoy por decir que no, cuando caigo en la cuenta de que quiere hacerme entrar en su casa, por primera vez en treinta años. La casa de las Kuperman en que he vivido, de algún modo, todo este último tiempo. Atónito, digo que sí.

Dejando a su marido solo al frente de la mudanza, Marcela se vuelve hacia el porche de su casa y yo le voy detrás, preguntándole ya lo que más me intriga.

—¿Quién es el nuevo dueño?

Ella, fingiendo que no ha oído, sonríe e improvisa un gesto que no logro entender, como si me pidiera que esperara o que bajara la voz.

Yo apuesto a que si entro en sus códigos me dirá más cómodamente su verdad. Murmuro que mi gran miedo era que viniera un chino y pusiera un supermercado.

—Oh, no —sonríe, por lo bajo, disimulando que habla—. *Todo lo contrario.*

¿Todo lo contrario de un chino?, me pregunto. Y cuando conseguimos atravesar ese porche atestado de valijas y canastos y paquetes y entrar en el diminuto recibidor cerrado en donde brilla, escalofriante, el tablero de la alarma que hace poco los ladrones obligaron a desconectar a Ivancito —"La primaria y la secundaria, ¿eh?"—, por fin se vuelve a enfrentarme y me dice en voz baja:

—Mirá. Es un médico famosísimo, excelente persona, con el que no vas a tener ningún problema. Pero el nombre por ahora no puedo dártelo, ¿sabés?

Y Marcela me explica un problema de derecho de familia al que apenas atiendo, subyugado por la casa, que por fin entreveo por la puerta entornada.

—Solo puedo asegurarte que, de veras, será el mejor de los vecinos...

Yo recordaba un comedor oscuro, donde nada era más notable que el tamaño de los muebles, el exquisito olor a cera y la consecuente sensación de que un chico estaba allí de más. Pero me encuentro con un espacio completamente blanco y un piso de madera flotante al que la ausencia de muebles hace parecer todavía más vasto.

—Pero yo ya le he hablado de vos mientras firmábamos la escritura —dice Marcela, refiriéndose, claro, al comprador ignoto, como si hubiera entendido que me ofende su reticencia—. Y está fascinado con la idea de tener un vecino escritor... Y yo le dije, también: "¡Son los mejores vecinos del mundo...! ¡En treinta años no tuvimos jamás un problema...!".

Me pregunto si bromea, o si otro nuevo síntoma de su locura es la nostalgia de lo que nunca existió. Pero no digo nada, distraído por cada detalle de esta casa a donde quizá nunca volveré, y en donde la necesidad de escribir se vuelve aún más imperiosa que en todos estos días.

De pronto, en un ángulo, sin quitarnos la vista de encima, con una sonrisa levemente sarcástica (¡qué harto ha de estar de las excentricidades de estos nuevos ricos!), descubro a Carlos, que arregla un enchufe:

—¡Es increíble cómo se rompe una casa en solo un mes de no vivir en ella, no, Carlitos? —comenta Marcela, al descubrir que el otro nos vigila.

Y yo siento que, por alguna razón, está disimulando ante el boliviano lo que verdaderamente nos une a ella y a mí. Y tomándome de un brazo me aparta hacia la escalera.

La presión afectuosa de su mano en mi codo me confirma que algo ha desatado en ella una nostalgia absurda, y cuando vuelvo a la realidad para sortear canastos que entorpecen los escalones, Marcela está hablándome de mis padres.

—Me acuerdo del día en que llegamos. El 17 de agosto de 1978 —precisa, y yo apunto la fecha para mi novela—. Mi mamá me dijo: "Hija, con estos vecinos no vas a tener jamás ningún problema…". Y así fue. Nunca, en treinta años, una sola discusión…

Por una especie de ventana interna atravesada de estantes entreveo a la paraguaya que repasa la cocina, que ahora es inmensa. Y a través de los ventanales que se abren al jardín diviso al perrito que corre alrededor de la piscina, quizá contento de haber dejado el departamento y el canastito en que viaja, quizá enloquecido por el cambio o la percepción de la locura de su ama.

—Yo me acuerdo bien de tu madre —le digo con una solemnidad acorde a la vieja dama de ojos verdes y cáncer cuya distinción fue una de las grandes conquistas de Chagas. Pero algo en mi tono involuntariamente sugiere que tengo muchos recuerdos para desmentir su euforia.

Recuerdo esos tiempos en que los Chagas recién habían llegado al barrio y su especie de idiotez llena de fe en la vida era como un sol cegador de nuestros propios ojos. Recuerdo la pasión de mi padre por Jimena, la hija mayor de los Chagas, que entonces tendría poco más de dos años, llegada como un regalo para el sinsentido de su jubilación.

Recuerdo a la niñera alemana-chilena que también amaba a la chiquita, y el modo en que, un día, cuando Jimena empezó a imitar sus modales, los padres la despidieron.

Recuerdo que cuando nació Ivancito, el segundo hijo, mi madre donó sangre para salvar la vida de Marcela, cosa que, según ella, los Chagas nunca le agradecieron. Es más, decía mi padre, ese hijo nacido cuando los Chagas ya eran ricos, encarnación viva de las aspiraciones de sus padres, muy pronto dejó de saludarlos.

Aunque quizá fuera todo idea nuestra. Quizá los Chagas nunca llegaron verdaderamente a despreciarnos. Construían su imperio, y solo nos recordaban cuando necesitaban algo y corrían a tocarnos el timbre como quien va a un gabinete a buscar una herramienta. Sin reparar siquiera en cuánto los detestábamos.

Llegamos a la planta alta, y yo apunto que todavía está dividida en tres cuartos —los mismos que ocuparían, antes, la señora Felisa y sus dos hijas—, atestados de elementos de los salones de belleza. Y recuerdo la frase de Marcela, cuando una vez me recogió en auto en la parada del ómnibus y se ofreció a acercarme a la facultad: "Yo estudié medicina", dijo, "pero me he dado cuenta de que lo mío es el comercio", y con un tono sumamente comercial, en efecto, me explicó el invento con el que llevaría a cabo esa vocación recién descubierta: una clínica psiquiátrica. Una clínica tan exclusiva que por fin no hubo loco capaz de pagar la cuota, y que por eso Marcela decidió convertir en hogar geriátrico y, tras un nuevo fracaso, en ese salón de belleza cuyos cuartos hoy ocupan por horas decenas de burguesas. Aquel día de la frase, Marcela me propuso tocar el piano para los locos, y yo, aunque necesitaba trabajo, dije que no, por puro horror de ser usado como usaban a mi padre. Porque mi padre ya les servía, oh sí. Desde el principio, cada vez que sonaba la alarma —en una época en que nadie tenía alarma y el sonido electrizaba y mantenía en vela al barrio—, mi padre acudía desarmado a defender la propiedad ajena, sumiéndome en el misterio de su valentía y de mi terror; de su osadía suicida y de mi cobardía; sentimientos opuestos que eran, sin embargo, la clave de la supervivencia.

A esa altura yo entendía que mi padre estaba loco, pero, ¿cómo podía consentir un psiquiatra que un anciano, por loco que estuviese, se jugara por él la vida? ¿O sería otra manera descarada de manejar, con su saber, psicópatas?

Y al entrar por fin en el dormitorio donde estaban, al parecer, los paquetes que Marcela me pedía guardarle, recordé el episodio que me hizo sentir cobarde, muy poco tiempo atrás, cuando ya mi padre se había sentido despreciado y mi madre había roto relaciones con Chagas porque al doctor le parecía poco elegante que ella, según la costumbre platense, quemara hojas secas en la calle. El episodio, digo, del sofisticadísimo aparato de aire acondicionado que Chagas instaló sobre la medianera, que hizo temblar nuestra casa y abrió rajaduras en varias paredes.

Mi padre, al ver que el aparato estaba, por lo demás, *de nuestro lado,* en lugar de increpar a Chagas subió al techo y envolvió todo con un gran plástico, lo que casi ocasiona el incendio de ambas casas. Como respuesta, Robert cumplió en mover el aparato *hacia su lado*, pero además cortó el cable del teléfono de mis padres, que pasaba por encima de su jardín, dejando a dos ancianos incomunicados durante meses.

La gente me decía que hiciera la denuncia, o al menos que tocara el timbre y lo trompeara. Pero no fui capaz de hacer ni decir nada, como si Chagas mismo fuera ese ladrón que mi padre había acudido a encontrar cada vez que sonaba la alarma, y que yo tanto había temido. Y ahora, ahora mismo, ¿no sería el recuerdo de aquella cobardía lo que los había hecho confiar en mí?

—No creo tener espacio para tanto —digo por fin, cuando Marcela me señala, al pie de los comandos de ese aparato, un enorme fardo de toallas empaquetadas, entre otras mil cosas de aquellas con que reconquistaron la amistad de mi madre: revistas *Hola* demasiado viejas para sus salas de espera, muestras gratis de clonazepam.

En un rincón, un afiche descolgado de *El Señor de los Anillos* me dice que este era el cuarto de Jimena —la hija mayor, la que quería ser escritora, y a la que prohibieron que fuera mi alumna— y quizá el mismo que antes ocupaba la mayor de las Kuperman.

—Solo que no les dijimos que nos asaltaron, ¿viste? —está diciéndome Marcela, como quien ruega, cuando vuelvo en mí.

Yo la miro azorado: eso es lo que ha venido a decirme aquí, donde nadie más que yo puede escucharlo.

—Los que compraron —repite—. *No saben nada.*

Y no es que me sorprenda: yo mismo al vender mi casa de Villa Elisa oculté que un antiguo pleito sobre cañerías rotas me enfrentaba a los dueños del departamento de abajo. Pero esto es más. En esto, a los nuevos, a los vecinos, puede irles la vida.

—¿Y vos les vas a decir? —me pregunta.

—No sé —respondo inmediatamente, escandalizado. Pero solo me refiero a que no sé bien qué digo. Ni qué tendría que decir.

De alguna manera, silenciosa y cauta, Marcela me hace entender que ella está dispuesta a pagar por mi secreto.

—No les digas —me conmina, con prudencia. Y en esa orden percibo, también, un matiz de amenaza.

—¡Ya tenemos nuevos vecinos! —anuncio a mi madre cuando vuelvo a su cocina, acercándome al audífono. Ella alza la vista con asombro y terror: siempre está esperando que le comuniquen desgracias. Pero hay algo más: por su propia sordera percibe antes el temblor de mi cuerpo, incomprensible para mí mismo, que la seguridad de mis palabras.

—¿Asesinos? —cree entender, o quizá no, quizá aventura esa posibilidad disparatada solo para que yo la descarte y la tranquilice.

—¡Pero no, no! —le grito, y repito varias veces la palabra "vecinos", indignado porque me desespera su absoluta incapacidad de tranquilizarse. Y a ella la irrita que la trate como a una vieja sorda. Cualquier otro día habríamos terminado peleando: pero ahora su curiosidad puede más. Me pregunta *quiénes son*.

—¡Un médico famosísimo! —digo, parodiando el engolamiento de Marcela, y ella entiende, por esos mismos gestos, mi juego. Pero no la divierte.

—Ah, toda una garantía —ironiza, amargamente—. ¿Y cómo se llama ese "médico famosísimo"? —pregunta después de un largo silencio.

—¡No me quieren decir! —le digo—. ¡Parece que recién se ha divorciado...! —explico, pero ella está ausente.

Aterrada, parece entender algo que yo no comprendo. Algo demasiado atroz.

—¿Y ese médico famosísimo podrá recetarme el clonazepam? —aventura, porque nunca la ha preocupado, en el fondo, ese nuevo vecino que quizá llegue cuando ella ya no esté, sino la incapacidad de calmar la angustia que el insomnio le traerá esta misma noche. Me encojo de hombros.

Si me hubieran llamado a declarar, me digo, mirando la palmera del fondo de Chagas que parece apantallar el paso de Robert con el boliviano detrás, acarreando unas últimas cosas; si este despojamiento hubiera constado en algún sitio, en el lenguaje claro del derecho, ahora él no vendría, el "médico famosísimo", a caer en la trampa.

Eso es lo que querían los Chagas. No solo dejarme solo ante los ladrones, sino ante el resto de los vecinos. A mí, el único que habría podido advertirles.

Escribir, me digo.

Antes de que se enteren solos. Antes de que se conviertan en las próximas víctimas.

Pero quién sabe, quién sabe si podré hacerlo.

G

1976

No ha de haber sido tarde, porque cuando volvieron, al fin, las Kuperman, cuando me iluminaron los haces de los faros de su pequeño Dodge que subía a la vereda, yo estaba aún sentado al piano. Y me volví de un salto, como quien se despierta, y corrí a la cocina a alertar a mi madre, y mi madre salió a la vereda, nuevamente, a recibirlas.

¿Y cómo se habían ido, de casa, los milicos? ¿Nos dijimos alguna cosa, mi madre, mi padre y yo, sobre lo que acabábamos de vivir, antes de que él volviera a la cama? ¿Cómo quedamos, los tres, después de cerrar la puerta y sentir que la casa, de nuevo, era nuestra? Eso no lo recuerdo.

Las caras de las dos, madre e hija menor, recibiendo a mi madre, allí mismo, en la vereda, primero sonrientes, después ensombreciéndose a medida que escuchan el relato y bajan del auto, hasta que, en un momento, ya no pueden escuchar más.

Eso no se me borra.

Y yo mismo queriendo escuchar lo que se dicen, pero mi madre no me ha dejado, tampoco esta vez, que la acompañe.

¿Y qué les habrá dicho ella? ¿Qué, cuánto habrá podido nombrar mi madre de lo que acababa de suceder, para asustarlas así?

No sé, no lo recuerdo.

Solo recuerdo las dos caras, aterradas, terribles, de la señora Felisa y de su hija menor, volviéndose a la casa antes de que mi madre pudiera terminar, perdidas, desbaratadas, torpes como planetas desprendidos de su órbita.

A esa casa que ya no era la misma, una casa ya demasiado grande.

Una casa que, ya veo, no seré capaz de nombrar ni describir, en la que no podré entrar. Una casa que, en todo caso, solo logro ver blanqueada por los nuevos vecinos.

H

2010

Esta vez nos citamos en un pub irlandés, cerca de Casa de Letras. Miki cumplía años. Le llevé de regalo *El último encuentro* de Sandor Marai. Creo que por ese libro empezamos la charla.

—¿Y tu novela? —preguntó.

Yo creí que me hablaba de la que ya estaba en prensa —de la que me libraba con gran dificultad y con una culpa extraña: la de no haber sido verdadero. Culpa, y temor al castigo.

—No, esa otra que querías escribir sobre tu vecina —dijo Miki mientras hojeaba el ejemplar de ese drama extraño acerca de la memoria.

—Oh, no es una novela —minimicé, avergonzado: temía tener que admitir, más tarde, otro fracaso—. Solo escribí apuntes. Ejercicios como esos que les hacía escribir a ustedes. Esbozos de capítulos posibles, a lo sumo.

Miki, que hasta hace menos de un año era alumno de Casa de Letras, ha vuelto a querer escribir, me dice. Cuando hace unos días iba en subte, leyendo, por consejo mío, un cuento de Cynthia Ozick en que la esposa de un escritor judío, harta del tema del Holocausto, un día ve cómo su casa empieza a levitar y alejarse hacia el cielo, dejándola sola en un mundo de dichas primitivas; cuando leía la frase final, "los judíos están en las nubes", sentía despertar una pasión antigua y una zona de sí que el trabajo le anestesia. Por eso, y porque yo mismo empiezo a naufragar en mi propia frustración, me encuentro hablando otra vez de aquella noche.

—Aún pienso que aquella es la historia que tengo que escribir. Esos diez minutos que la patota pasó en mi casa. O lo *siento,* sí. No sabés cómo.

Miki sigue hojeando la novela de Marai profundamente atento a lo que digo porque sabe —aunque yo sólo lo comprenda, de pronto, ahora— que ese libro y esta confesión mía hablan de lo mismo.

—Quizá sea el miedo, sí. Es como si esos pocos recuerdos que tengo de la noche aquella, esas tres figuras —mi padre, mi madre y yo— fueran como los elementos del átomo. Siento que intentarlo puede liberar una energía que acabaría conmigo.

—Bueno, pero algo escribiste —me dice.

—Sí, pero como lo habría escrito cualquier otro.

—No creo —dice, y es un elogio. Pero también una pregunta.

—Oh, no me refiero a la calidad, Miki —digo—. Es como aquella frase de los surrealistas sobre el paraguas y la máquina de coser sobre la mesa de disección, ¿te acordás? Apenas pongo dos recuerdos, dos imágenes, de esa noche sobre el papel, empiezan a tenderse los hilos de una historia.

—Genial —dice—, qué bueno que pueda pasarte eso...

—Sí, pero no la historia que yo recuerdo en lo profundo de mí, ¿se entiende? Se me arma un policial. O peor, un relato al estilo del *Nunca más*, que por supuesto no miente...

—No, ¿no? —interrumpe, poniéndome en guardia del mismo modo en que él mismo ha de ponerse en guardia cuando escribe.

Lo miro fijamente. Sabe de qué hablo, sabe la diferencia entre mentira y ficción.

—No, no miente. Pero esos relatos no llegan a tocar lo esencial de aquella experiencia. Porque nosotros, esa noche, no fuimos buenos. No *somos* buenos. Y eso no lo pude decir.

Miki mira desconfiado. Lee la contratapa de *El último encuentro* donde se anuncia que un noble recibe por fin a su gran amigo de juventud. Del que tiene una duda que lo ha atormentado durante décadas: ¿ha querido matarlo? ¿Fue por vergüenza o culpa de ese impulso asesino, que el amigo se ausentó desde entonces?

—¿Se supo algo de la chica? —me pregunta de pronto Miki. No comprendo sino después de un momento que habla de la chica de Kuperman, no del personaje de Marai, por el que los dos protagonistas, secretamente, rivalizan.

—Está viva —le digo, y me pregunto si en realidad no he sido yo quien la equiparó con los desaparecidos—. Era la secretaria del segundo de David Graiver —y hago una pausa para verificar si sabe de qué hablo: del "banquero de los Montoneros"—. Aquella misma noche en que vinieron a buscarla —explico, con una extraña sensación de estar improvisando— cuando escapaban juntos con su jefe, les tiraron un auto encima. Y luego los curaron en el hospital de la cárcel, solo para torturarlos.

Se hace un silencio que lo entristece. Tengo culpa de entristecerlo con algo que no sea verdad. Porque, en verdad, todo esto que he dicho, ¿cómo lo sé?

—En fin, siento que en esos apuntes que escribí quedó afuera demasiado… Lo que no prueba nada, ¿no? Porque se dice que somos los relatos que nos contamos sobre nosotros mismos. Pero también somos aquello que no podemos expresar en ningún relato.

Miki se impacienta.

—¿Pero hay algo concreto que no pudiste contar? ¿Algo *concreto* que haya quedado afuera?

Y de pronto, casi sin pensarlo, como una extraña floración de esa exacta y sola circunstancia, digo:

—Mi padre.

Y siento que es mi padre quien me apunta desde el fondo del bosque de la memoria; el único que, aquella noche, no usó armas... Él, a quien aún no entiendo.

"Mi padre", había dicho. Y la prueba de que aquello tenía que ser escrito era el estado en que había quedado después de aquella confesión, la angustia en que me debatía mientras el ómnibus sobrevolaba la Boca, ese paisaje nocturno en donde, más que en ningún otro lado, después de su muerte, lo he sentido vivo. Quizá porque en la noche el puerto iluminado, despojado de toda presencia humana, se parece a un cementerio.

Temblaba. ¿Y por qué temblaba? Miki, de pronto, había creído entender. Pero, si yo mismo no encontraba palabras, ¿cómo podría él haberme entendido? Y en verdad, quizá fuera disparatado pretender que el hijo de un asesinado por la Marina entendiera a un marino. Pero yo recordaba que Miki me había hablado de la dificultad de criar a un hijo sin haber tenido padre —y yo pensé en papá, que tampoco había conocido al suyo. Y en mi amigo Eduardo, que a los cuarenta y tantos años, cuando ya había quedado huérfano, mientras cambiaba los pañales de su hijo recién nacido, reencontraba en el chiquito los rasgos del muerto: ¿y qué mensaje de otro tiempo y otro mundo vería aparecer mi padre en mis rasgos, como Miki en los de su hijo?

Pobre mi padre, decía una parte mí. Su infancia siempre me había dado piedad. Él mismo decía, extorsionándome, "Vos no sabés lo que es llorar de hambre". Mi madre, por piedad de esa infancia, había soportado todo.

Y si nadie está obligado a declarar contra su padre —y mucho menos a publicarlo—, si hasta la misma dura ley nos dispensa de hacerlo, ¿a santo de qué sacar a luz un acto vergonzoso, hacerlo más duradero que su propia vida?

Si él seguramente lo había recordado como un acto de valentía. Quizá yo estaba buscando donde no había nada, quizá solo quería justificar mi propia estupidez.

Y sin embargo ahí iba, temblando, seguro de que hasta que no pudiera hablar de aquello, no podría escribir, ni vivir realmente.

Y allí iba, de vuelta hacia mi casa, hacia la casa que él había pensado para mí; a vivir en su espacio, según las leyes del barrio que él había elegido, a mantener a su mujer hasta que yo mismo me hundiera.

Ahí iba, a ocupar su lugar, a enfrentar la patota sin saber cómo hacerlo.

ENCONTRÉ a mi madre, como siempre, en su mecedora, frente a un televisor que no escuchaba, viendo pasar imágenes de la "inseguridad". ¿Me esperaba? Quizá. A veces, cuando discutíamos, si yo le reprochaba el egoísmo de los viejos, me decía que no hacía más que esperarme —pero yo sé que esperaba lo único importante que se espera a esa edad: la muerte— y que si me necesitaba era ante todo para que la ayudase a soportar la espera.

Me preguntó cómo estaba y le dije que bien, que estaba trabajando: para ella es lo mismo. "¿Otra novela?", preguntó. Y le dije que sí, aunque no fuera verdad; pero como para obedecerla, o para sentir que no mentía, subí y volví a la máquina.

No era verdad que hubiera desechado por completo mis apuntes —pero no me atreví a mirarlos: en cambio, sin nostalgia, por primera vez busqué el apellido Kuperman en Internet.

Recordé que se llamaba Diana. No aparecía demasiado sobre ella. Descarté aquellas páginas que parecían ser de los servicios de información. Recalé en una noticia muy mal escrita, que apenas si daba cuenta de una declaración suya en los Juicios por la Verdad.

Los Juicios por la Verdad: los sucedáneos que el padre de una desaparecida consiguió poner en marcha; "porque podrán privarme de justicia, pero no de saber qué ocurrió con mi hija". Los juicios por donde habían pasado, durante años, miles de víctimas y testigos, solo para que su verdad fuera, por una vez, atendida.

Una noticia confusa, sí, como si el propio periodista no hubiera encontrado qué transcribir a los lectores, ninguna secuencia de esas que se cuentan en la sección "Derechos Humanos" de los diarios.

Por esa prosa suelta creí entender que no la habían torturado. Que ya que no podían torturarla, la habían puesto a oír. Haciéndole sentir, claro, que de un momento a otro le tocaría el turno a ella.

Quizá fue entonces cuando empecé a sentirme cerca de Diana. Porque a mí también el tiempo me había puesto a escuchar.

Pero para contar la historia, me dije, es preciso ser víctima. Del presente. O su memoria.

Memoria

I

2010

El sábado de la entrega de las llaves escuché movimientos en la casa vecina: el silbato intermitente de una especie de combi entrando marcha atrás al terreno del fondo, puertas que se abrían sin la aprensión de los Chagas, órdenes demasiado seguras para un lugar desconocido, inmediatamente corregidas o suplantadas por otras.

Como uno de esos vecinos que yo mismo había detestado en mis mudanzas, salí con cualquier excusa a la vereda. Vi a los Chagas que se iban, apurados, sin mirar otra cosa que sus propios pies, como se iría quien acaba de poner una bomba. Pero no vi entre tanta gente a ningún "médico famosísimo" —y una mujer, incluso, me negó casi con escándalo que fuera ella "la nueva vecina", como si la sola sospecha la avergonzara o comprometiera. Una mudanza de ricos, comprendí, hecha por sus sirvientes.

Hacia la tarde, escuché otras personas que entraban por la puerta del frente, y que salían a mirar la piscina. Pretextando no sé qué tareas salí al balcón trasero y, esta vez sí, en las frases sueltas, en el tono, creí notar el aura de los dueños —porque no era un hombre solo, no, lo acompañaba al menos una pareja joven—, la alegría ostentosa y contenida de quien pisa conquistando. Un orgullo que era en sí mismo inocencia, una inocencia que a mí me tocaba quebrar.

Pero, ¿cómo? ¿Cómo decirles que habían asaltado su casa al menos dos veces en lo que iba del año? Cayó una noche cálida: en el quincho del fondo, desde donde los miembros de una banda habían acechado toda una noche, los nuevos vecinos improvisaron algo así como una fiesta. Con protestas sobre vuelos demorados de Aerolíneas Argentinas y burlas al gobierno que había nacionalizado la empresa, expresaban la satisfacción de su propio progreso.

Cuando se encendió el reflector temí que me descubrieran espiando, y cerré el toldo sobre mí y fui a mi cuarto y me acosté preparándome, recuerdo, para declarar en caso de que, al día siguiente, después de escucharme, ellos por fin decidieran dar parte de todo a la policía.

Pero de pronto la fiesta terminó, la casa se cerró, los autos partieron y el chalet de las Kuperman, esa misma noche, retomó su vida de *trompe l'oeil*. Y no. Nadie llegó al día siguiente a proseguir una mudanza que yo suponía incompleta. Y el lunes por la mañana llegó Carlos el boliviano —¿comprado como una parte más de la casa?, ¿contratado a fin de que, con unos cuidados que solo él conocía, disimulase cuanto pudiera el cambio de dueños?— a abrir ventanas, a recoger correspondencia, a regar las plantas, y así todos los días; y varias veces sonó la alarma, y apareció lento el auto de la compañía de seguridad a preguntarme si había visto algo raro —y yo, claro, volví a decir que no. Y así los días siguientes. Hasta que al fin sospeché que nadie viviría allí, que aquel "médico famosísimo" solo había comprado la casa "para hacer una inversión".

No. La inquietud prosiguió por dos imprevistos; los dos sucedidos con diferencia de días; los dos protagonizados por la presidenta de la Nación.

Mi prima, que treinta años después casi ha descubierto un modo de militancia online, entre emails que convocaban a juicios, a marchas por Julio López o Silvia Suppo —los testigos que pagaron con la vida su declaración en aquellos Juicios por la Verdad—, me envió una "lista de represores" del Batallón 601 que la presidenta había ordenado desclasificar y que había publicado la revista *Veintitrés*. Y, poco después, la lista del "personal civil" del Servicio de Inteligencia de la Armada, los setecientos hombres que, durante los años de la dictadura, espiaban y delataban en todo el país. Me precipité a investigarla.

No, mi padre no figuraba entre ellos: no encontré su nombre en ninguna lista de apellidos con B. Sí encontré a un tío de mi prima, un tal Jorge Bishop, veterinario, a quien ella en cambio no había parecido advertir. Me gustó comprobar que no era del Colegio Nacional que el "tío Jorge" conocía al almirante Massera —como ella había sostenido cuando yo le advertí que este había ido a la Escuela Naval de Río Santiago, en Ensenada—, sino de los tiempos en que, además de integrar la junta militar con el nombre de guerra de Almirante Cero, Massera comandaba el campo de concentración de la Escuela de Mecánica de la Armada.

Pero de pronto, al terminar la enumeración de los apellidos con B, descubrí el nombre Cavazzoni, Néstor, y la vieja historia de Diana Kuperman volvió a despertar en mí. Cavazzoni, sí, mi vecino de enfrente, el mismo viejito que ahora, tras la muerte imprevista de su mujer, parecía dedicarse únicamente a dar vueltas maníacas a su manzana triangular paseando al perro; el padre de aquel chico que en 1976 había preguntado por "esos muchachos" que iban a mi casa; el abuelo de las gordas que en 2010 me habían hecho notar el patrullero de la Policía Científica. La nota aclaraba que figurar en estas listas no implicaba haber cometido crímenes de lesa humanidad, aunque todos estos agentes dependieran y estuvieran en contacto directo con la Escuela de Mecánica de la Armada.

Y en verdad, era demasiado fácil sospechar que Cavazzoni había estado detrás de la desaparición de Diana Kuperman, que su tarea de espía hubiera sido el vínculo que yo, por terror o resistencia, había tardado años en formular: "En mi cuadra, la cana entró en todas las casas". Era otra la sospecha que me atormentaba.

Porque mi padre había estudiado, en la ESMA, en la década del treinta: durante apenas cuatro años de una larga historia que nadie recuerda, opacada por los ocho años en que, además de Escuela, fue campo de concentración. La primera foto que conservamos de él —en esa libreta de enrolamiento que yo, en mis apuntes para la novela, le había hecho presentar al Jefe— lo retrata con el traje de marinero que llevaban los aprendices. El domicilio que consta al pie, Blandengues 4570 —y que yo busqué en Internet—, resultó ser el domicilio de la ESMA —Blandengues es el antiguo nombre de la Avenida del Libertador, a la altura de Núñez—. La firma del juez, al pie del retrato, no verifica simplemente que un descastado ha entrado en el padrón, sino que ha nacido de nuevo, porque ahora la Armada lo ha deseado y le ha dado una casa en el mundo. Algo así se agradece "de por vida", me dije. O *con* la vida, poniéndose, secretamente, a disposición de la maquinaria. ¿Y qué vínculo podía haber entre un ex alumno de la ESMA y un informante como Cavazzoni, en el '76, en el '77, en el '78? Una imagen me asaltó: mi padre cruzando a casa del espía inmediatamente después de recibir una carta de la Armada, y antes de que nadie más pudiera verla.

Durante días busqué material sobre la ESMA: no sobre el campo de concentración, sino sobre el período anterior. En Mercado Libre conseguí solo un libro, *La Escuela de Mecánica de la Armada vista por sus alumnos*.

Fue bueno saber que, a fines del siglo XIX, los barcos se habían vuelto tan complejos que aquella típica historia de los libros que amo —la del joven pobre que se engancha de grumete para aprender el oficio— ya no fue posible: hubo que abrir escuelas para enseñarles a los aspirantes todas esas habilidades que mi padre tenía y que yo mismo aprendí, mirándolo de chico: tornería, herrería, carpintería, electricidad.

Pero no, yo no buscaba eso. Recordaba haber hojeado, en una batea de librería de lance —pero esa vez estaba sin dinero, y cuando volví a buscar el libro ya alguien lo había comprado—, un *Manual de comportamiento a bordo*, impreso precisamente en la ESMA. Recordaba cómo hasta en un naufragio los menores actos de cada marinero estaban absolutamente previstos y pautados, igual que en una obra de teatro, atendiendo sobre todo al rígido escalafón de jerarquías: aun en peligro de muerte, un marino debía reportarse al superior y cumplir lo que le ordenaran. ¿Y no considerarían los marinos a aquellos años una especie de tormenta, o más seguramente, una batalla naval? ¿Y no habría actuado mi padre, aquella noche, según un reglamento estudiado en la ESMA, reportándose a Cavazzoni?

Así, fascinado por el modo en que se aprende repitiendo, creo que olvidé un tiempo el caso de Diana Kuperman; hasta que de pronto, un sábado, por la mañana, ocurrió el segundo imprevisto. La presidenta reflotaba el denominado "Caso Papel Prensa".

NO ESCUCHÉ su discurso por Cadena Nacional, un viernes, desde el salón de una Casa de Gobierno todavía aureolada por los festejos del Bicentenario. "Una hora y media hablando", criticó un periodista opositor, "sobre algo sucedido más de treinta años atrás".

Treinta años, pensé, más de lo que había durado cualquier período de nuestra historia reciente. Un caso del que yo, en principio, creía ignorarlo todo. Y es probable que hubiera terminado por considerarlo apenas uno más entre tantos embates a *Clarín*, el diario enemigo del gobierno, cuando leí que en aquel acto había estado la viuda de David Graiver —el antiguo jefe de Diana Kuperman—, y en un apartado descubrí una foto que empezó a revelarme los secretos de aquella noche que hasta entonces no podía recordar.

No hablo de la foto de los pocos sobrevivientes de aquella familia que durante mi adolescencia la dictadura había expuesto como el Mal, y que ahora escuchaban a la presidenta desde la primera fila, el mentón levantado y un empaque atento que dejaba traslucir orgullo y satisfacción por el desquite. Hablo de otra foto tomada por sorpresa a la viuda de Graiver y a su hermano, en el momento en que salían de Casa de Gobierno a un playón de estacionamiento y se disponían a subir al coche cuando alguien los sorprendió, alguien a quien este hermano parecía haber confundido con un *paparazzi*.

"Nos extorsionaron para que vendiéramos la empresa", decía el epígrafe de la foto, y fue lo primero que supe sobre el caso.

Lidia Papaleo de Graiver era una mujer rara, enigmática, en la foto. Tras el tapado rojo, los anteojos negros, la peluca copiosa y esa especie de camuflaje que labran los liftings, parecía hurtarse a la mirada de los demás, esconder bajo un disfraz de mujer burguesa sus heridas aún vivas, el precioso secreto de su labilidad. Y al mismo tiempo, estaba ese sutilísimo gesto, esa reacción ya casi automática de ponerse en guardia al comprender que la miraban, como si a la vez que temía lo peor se dispusiera a dar batalla. A su lado, su hermano, Osvaldo, parecía haber sido construido especialmente como su contrafigura. Alto, frontal, de traje, avanzaba hacia el fotógrafo con aire de guardaespaldas gritando, exigiendo, demasiado seguro de que había que defenderla. Pero más allá de su violencia, ¿por qué me atraían tanto estos dos? ¿Por qué, cuanto más miraba la foto, ellos me parecían otras letras de ese alfabeto que al fin me ayudaría a contar mi historia, a liberarme de ella?

¿Simplemente porque Diana Kuperman, alguna vez, había pertenecido a sus empresas? ¿Porque no podían inspirar compasión, porque no llevaban ninguno de los disfraces que ganan la simpatía ajena, empezando por la pobreza, y por eso habían entrado últimos en el desfile de horrores que debían repararse?

No se esperaban novedades sobre el caso aquel fin de semana —y quizá el domingo llegué a olvidarme de todo. No lo creo. Pero el lunes, después de la última clase, habíamos quedado con mis alumnos en ver una película, *Rocco y sus hermanos*; y cuando encendimos el televisor para verla en una antigua copia en VHS, un aviso publicitario anunció que en pocos minutos más la viuda de Graiver estaría, por primera vez, en televisión. Les pedí permiso para demorar media hora la película, y me dejaron ver el programa "a condición de que no me pusiera mal" —como si advirtieran en mí una debilidad que a mí se me escapaba.

Y es que un extranjero, un joven —esa otra forma de ser extranjero— pudo haber advertido, más allá de todas las diferencias que para mí eran centrales, cuánto tenía yo en común con aquella mujer. Lidia Papaleo de Graiver era, como yo, de La Plata. Había estudiado Psicología en la misma facultad que todos mis psicólogos, y donde yo mismo había estudiado Letras —y hablaba mi misma lengua, aquella con que ahora se disponía a describir el horror, con que ahora *declaraba.*

Y dijo: que la dictadura la había obligado a vender, bajo amenazas, la empresa Papel Prensa, la fábrica de papel que aún hoy abastece a todos los diarios del país. Que poco después de firmada la venta, por la que jamás habían recibido un centavo, ella, sus suegros y todos los empleados de las Empresas Graiver habían sido desaparecidos y torturados y permanecieron presos para que no pudieran denunciar tanto atropello.

El punto era probar —porque había quien lo discutía, se asombró el periodista que entrevistaba a Lidia Papaleo— cómo una persona, por esos años, podía sentirse extorsionada aun fuera de una cárcel —ya que las únicas transacciones económicas válidas son aquellas que se realizan entre personas libres.

El periodista enumeró: en agosto de 1976 David Graiver —el jefe del grupo— había muerto en un sospechoso accidente de aviación en México. Desde el momento en que la viuda —exiliada en Nueva York desde 1975— había vuelto a la Argentina a hacerse cargo de las empresas, había empezado a recibir constantes, diarias, visitas de personas, algunas de ellas funcionarios del gobierno, que le aconsejaban, le urgían, le suplicaban que pusieran en venta todos sus bienes, "porque estaban mal vistos y estaban siendo investigados".

Paralelamente, los principales diarios habían comenzado una campaña de desprestigio de las Empresas Graiver, publicando sospechas sin asidero. Por fin, cuando a principios de noviembre los Graiver empezaron a considerar la venta de Papel Prensa a los tres compradores que la dictadura avalaba —los diarios *Clarín*, *La Razón* y *La Nación*—, Lidia, junto con el hermano y los padres de David, fueron citados a entrevistarse con sus representantes. "Fue en un salón enorme del edificio de *La Nación*. Nos separaron", contó la viuda. "Por un lado mis suegros; por otro mi cuñado Isidoro; y por otro lado yo sola, con el representante del diario *Clarín*, Héctor Magnetto." "Y este me hizo entender que si no firmaba corría peligro mi vida, y la vida de mi hija. Y yo no lo dudé", dijo, "porque ese hombre tenía en la mirada toda la soberbia, toda la inhumanidad del poder. Y sobre todo", agregó al cabo de una pausa en que, misteriosamente, ya intuí que hablaría de *aquello que yo estaba esperando*, "porque pocos días antes habíamos sufrido ya un golpe tremendo".

"Y es que si había alguien de quien dependía nuestra sobrevivencia como grupo; alguien que si hoy estuviera aquí podría cambiar el curso de la historia, ese era el doctor Jaime Goldenberg, la mano derecha de David", dijo, y yo me emocioné como si hablara de mí, como si justificara mi obsesión, mi pasión por aquella noche.

"Y pocos días antes de esa entrevista en *La Nación*, una noche en la ruta que va a La Plata, Jaime Goldenberg sufrió un accidente feroz, que lo dejó prácticamente inutilizado, con problemas cardíacos que después le acarrearían la muerte en la mesa de torturas..."

"¡Yo sé mucho de eso!", les dije a mis alumnos, con voz quebrada por la alegría de comprobar, al fin, que también para otros aquella noche había sido crucial.

"Un accidente extrañísimo, ocasionado por un auto que impactó en el medio de su... del vehículo... del remís en que iba... Y desde ese día yo pensaba, claramente, cuál será el próximo de nosotros en morir..."

Y no, no dijo nada de Diana Kuperman, no dijo que Jaime Goldenberg iba en el autito blanco que yo conocía, pero no me importó: porque esa firmeza, esa inteligencia hacía que yo creyera escuchar la voz de la propia Diana, la voz de aquella noche.

TAN PRONTO terminó el programa los alumnos echaron a andar la película y yo conseguí meterme en la trama, pero en mi conmoción todo se mezclaba y me hablaba de lo mismo: Annie Girardot arrastrándose por el borde de un río mientras recibía las puñaladas de uno de los hermanos de Rocco: *"Non voglio morire! Non voglio morire!"*. La frase de la viuda de Graiver diciendo: "la picana eléctrica es dolorosa, tremendamente dolorosa, pero lo más duro son los golpes". Katina Paxinou, que hacía el papel de la madre del hijo asesino, gritando: "Dios se arrepentirá de todo lo que nos ha hecho sufrir".

El periodista había hablado del "Circuito Camps" —la serie de reparticiones policiales, públicas o secretas, dependientes de Ramón Camps, aquel comisario que había pedido para sí, casi avaramente, "lo más duro de la lucha"—, y yo no hacía más que recordar a su hijo, que por aquella época era compañero mío en el colegio marista. La cara del hijo de Camps, larga y tajeada en la mejilla, el cuerpo enorme y en tensión —era mayor que el resto de nosotros y sus rodillas alzaban el pequeño pupitre en cada movimiento nervioso—, capaz de imbuirme de un terror físico, una sensación de amenaza, anterior a toda idea. El hijo de Camps que llega a casa de Federico Vaena al día siguiente del velorio de su padre —¿por qué me enamoraba inmediatamente de los hijos que quedaban huérfanos?—, y que parece no estar allí hasta que de pronto, sin permiso, empezó a aporrear la batería. Le gustaba el rock, sí, ¿y quién me creería si dijera que fue por él que conocí esa canción: *Mister Jones abrió la puerta/ vio a su madre recién muerta/ y la sangre en el chaleco se limpió...*? El hijo de Camps explicándonos por indicación de la propia profesora en la clase de Historia el asalto a "la casa de los conejos". El hijo de Camps, en lo alto del estadio del campo de deportes, descerrajando con una voz castrense que "a veces el padre de uno puede ser el peor enemigo", una frase que durante años atribuí —¿para perdonarme a mí también?— a una revelación sobre su propio padre, pero que ahora me parece la justificación del robo de hijos de desaparecidos.

Los alumnos se fueron, y yo me fui a acostar, pero en mí seguía aquella danza de horror, como un presagio de literatura.

Y Ferni, el hijo menor de Cavazzoni, preguntándome en 1976 por qué venían tantos muchachos jóvenes a mi casa; y sus nietas, intrigadas en 2010 por el patrullero de la Policía Científica... Un vecino extraño, hijo de un croata nazi, me había dicho poco tiempo atrás que Cavazzoni, en la Escuela Naval, enseñaba "Inteligencia". ¿Y no sería esa habilidad lo que Ferni y las gordas ejercían como un divertimento, un juego que quizá el propio viejo les había enseñado en las sobremesas: vigilar a los vecinos, "leer" en sus costumbres, denunciarlos? ¿Y qué diferencia había entre un órgano de Inteligencia y la Policía Científica?

La viuda de Graiver diciendo "Me insistían en que vendiera con dos condiciones: no a extranjeros, no a la colectividad judía". ¿Y habría sido Camps antisemita? ¿Y Cavazzoni? ¿Y si el odio que mi padre sentía por los judíos se lo hubieran inculcado en la ESMA? ¿Si se lo hubieran concedido como el mayor premio a cambio de su sumisión de por vida: el placer insospechado de saber que hay un estrato aún más bajo en la escala, de poder despreciarlo, de hermanarse en el odio con quienes siempre lo habían despreciado a él? Hacia 1937 o 1938, mi padre había conocido al capitán Hans Langsdorff, del acorazado *Graff Spee,* bombardeado por la flota británica frente a las costas de Montevideo. Eso contaba siempre. ¿Y dónde había podido conocerlo sino en la ESMA? Una vez, cuando yo todavía cursaba Letras, un profesor especialista en Macedonio Fernández me había dicho que el escritor se había contado entre los admiradores de Langsdorff —y creo que junto con Xul Solar había asistido al entierro del capitán nazi custodiado por "aprendices" de la Escuela de Mecánica de la Armada Argentina.

"No, no estaba en una cárcel", había dicho Lidia Papaleo. "Pero al menos desde la muerte de mi marido, yo no era libre. No iba adonde elegía ir, sino adonde me empujaban." Y agregó: "Durante treinta años he vivido así, en el miedo; o peor, en el miedo al miedo".

El miedo al miedo, me repetí, en eso he vivido yo, y creo que fue entonces cuando salté de la cama, como despertando de uno de esos sueños que no nos atrevemos a seguir soñando —y me refugié en Internet.

Langsdorff, anoté en Google, Hans Langsdorff. Como un flash, recordé a mi padre hablando de Diana Kuperman como "la judía"; sin demasiado odio, es cierto, apenas con rutinario desprecio —sin ganarse siquiera un reproche de mi madre, quizá porque no era necesario. ¿Pero había llegado mi padre a odiar a las Kuperman, a la señora Felisa?

Y entonces apareció la foto de ese entierro, sí, rodeado de aprendices de la Escuela de Mecánica, y entre esos aprendices —que en realidad parecen recién egresados— uno que era, sí, inequívocamente, mi padre.

Y así, mientras afuera iba amaneciendo, empecé a escribir mi segunda tentativa, sintiendo que por fin esa noche se abría en mí y se prolongaba.

J

1976

Cuando suena el timbre y corro hasta la puerta y los veo en la calle, no es demasiado tarde: estamos todavía a la mesa, mi madre y yo, después de cenar, mirando algún programa tardío. *Yo Claudio* o *Videoshow* o *El Mundo del Espectáculo.*

Hay un Torino amarillo o naranja justo frente a casa, con el chofer parado afuera junto a la puerta abierta, del lado de la calle, mientras otros se alejan de espaldas para mirar los techos, y el Jefe sale de lo oscuro y me pregunta por mi padre.

No piden documentos: saben bien a quién buscan. ¿Y cómo lo saben? Les ha dicho Cavazzoni: "Un suboficial. Su mujer. Su hijo". *¿Es zona liberada? Es zona controlada. Se oyen gritos de ellos y a lo lejos un tren. Frenadas. Acaso un tiro al aire por uno que no para, acaso un tiroteo.*

Quiero llamar a mi padre, pero antes de llegar al cuarto en que dormía —se burlaba de sí mismo, de su costumbre de buque de acostarse temprano— sale sin verme a mí y solo ve a los tipos.

Quizá, por un instante, intuye algún peligro. ¿Quién puede haber tocado el timbre a esta hora?

Pero tan pronto el Jefe le dice algo a lo que no atiendo —me hipnotiza una Itaka que descubro de su mano— mi padre ya no es mi padre. Se vuelve uno de ellos.

Mi madre llega entonces, preocupada, secándose las manos con el lado derecho de su delantal. ¿Qué pasa? Pero ella es mujer: no merece respuesta.

¿Y para qué saber más? Sabemos lo que basta. Que ellos mismos son balas y que, en los tiroteos, solo se salva quien se les pone detrás.

Le preguntan a mi padre algo sobre el fondo de casa, donde está todo oscuro. Y él, por toda respuesta, se adelanta a guiarlos.

Quiero encogerme aquí, al lado de mi madre, ponerme a salvo escondiendo lo que ellos no tienen tiempo de advertir, en mi madre y en mí.

Pero el Jefe, que no va hacia el fondo, le pide que lo acompañe. Yo temo por mi madre: ella no sabe, no quiere comportarse como la mujer de un militar. Y la voz es lo primero que delata.

Yo la sigo unos pasos. Quedan en la vereda, y el tipo le pregunta, controlando la calle. "¿Han visto a Diana Kuperman?" (de modo que es por ella, me digo). Y mi madre empieza a hablar cautamente y el tipo la interrumpe. "¿Qué auto tiene?", le pregunta, impaciente. "¿Han visto a otras personas?"

Algo distrae al Jefe, que se aleja hacia la esquina. Han descubierto algo: mi madre retrocede, temerosa, poniéndose a resguardo y yo aprovecho y me adelanto a unírmele.

—¿Qué hace tu padre? —me dice, por lo bajo (Dios mío, ¿cómo puede preocuparse por él?). Y el chofer del Torino me grita: "¡Eh, pibe, vos, adentro!".

Vuelvo al centro del living. Me siento junto al piano. La noche se ha agrandado. ¿Pero dónde ponerme?

"Mi pibe", ha dicho mi padre, como si ser hijo fuera un rango en el escalafón militar. ¿Y qué debe hacer el "pibe" de un ex suboficial? ¿Qué hacen en el barco? Enfrentan a un gatito con una rata inmensa de esas que hay en la bodega y levantan apuestas y solo los estúpidos apuestan por la rata: "La raza siempre gana". O uno se tira al piso, la camisa manchada con salsa de tomate y otro grita y le apunta con el revólver descargado solo para que el capitán se asuste, previendo lo que pasará cuando lleguen a puerto. "Y a los polizones se los tira al agua", dice mi padre, "de inmediato. A los *tiburcios*". "¿Nada lo disculpa?" "No."

Vuelve el Jefe y le ordena al chofer del Torino: "¡Por el fondo, por el fondo!". Sí, han descubierto algo. Y el tipo, a la carrera, pasa frente a mí y va a reunirse con ellos.

¿Deja el Torino solo? También tenía un Torino aquel muchacho que estaba, con mi padre, al pie de la planchada, aquel día en que fuimos a buscarlo a Puerto Piojo, en su último viaje. "Un compañero", me lo presentó mi padre, enigmático. "Lindo pibe", dijo él, mirándome. "Bah", dijo mi padre, "la madre lo baña...". Y yo habría querido no volver nunca a casa, porque ya intuí que entonces comenzaría, también para mí, la guerra. Escaparle escondiéndome. Esconder que en su ausencia me había aferrado al piano. Que los compañeros que mi prima traía a casa me abrían otro mundo, y yo me aferraba a él, contra toda razón, porque ya presentía segura su derrota. Hasta que una noche, oh sí, una noche como esta, me enfrentaría a una prueba:

¿Sos mi hijo o no sos? ¿Sos varón o no sos? ¿Sos un nazi? Y al fin mi padre me verá como mis compañeros, que pasan conmigo todo el día, y no como él, solo un fin de semana por quincena.

"Muy bien, ¿puedo irme ya?", le reclama mi madre. "Por favor, señora", se impacienta el Jefe. "Apurarnos nos perjudica..."

Hoy le toca a Diana Kuperman. ¿Pero cuál será mi castigo? Mi madre me pega, sí, cachetaditas, pellizcones, tirones de oreja: pero mi padre ni siquiera dice que me pega: me "*sacude*", y cuando me "sacude", tras el terror, siento como un asombro, una perplejidad, como si ya habitara un sitio parecido a la muerte. Y yo no existo más. Desaparezco.

ENTONCES el Jefe le pregunta a mi madre si conoce a compañeros de trabajo de Diana, y ella le dice un nombre.

Hay movimientos al fondo de la casa. Se oyen golpes. La perra ladra furiosa, y mi madre se asusta...

—¿Qué hace tu padre? —me pregunta, aterrada—. ¿Dónde está?

—¡Oh, no digas nombres!

Y ella, cuando comprende, me dice:

—¿Qué? —como si se ofendiera—. Oh, ¡andá adentro, querés!

Y solo por complacerla yo corro a la cocina, miro por la ventana el patio iluminado. Busco a mi padre. Pero allí no veo a nadie.

Han pasado a otra casa.

Salgo al patio que retiembla entre reflejos como al fondo del agua. La puerta que se abre en la medianera con la casa de Aragón está abierta, y mi perra, muy tensa, mueve el rabo como hipnotizada por ese dogo asesino. Corro a cerrarla, entonces, pero detrás del perro tampoco veo a nadie.

Hasta que al fin se oye un ruido a mis espaldas, en el patio de las Kuperman, y la voz de mi padre. Sí, la voz de él, de mi padre, en el patio de las Kuperman.

Y cuando me vuelvo veo una escalerita que él mismo fabricó, apoyada contra la otra medianera. Con la perra en brazos, como quien lleva una ofrenda, abstraído, yo mismo voy allí.

¿Temo por él? No creo.

Supongo que lo han llevado porque conoce el camino, porque ya una vez entró, de este modo, en casa de las Kuperman, ese verano que a ellas les entraron ladrones —y el recuerdo de aquellos tesoros robados me estruja de deseo.

Avanzo como un cura.

Llego a la escalerita. Dejo a la perra abajo y subo.

¡Ah, el candelabro de plata! Ah, entrar por fin al templo de un dios desconocido que al verme me entendiera y me diera otro nombre y un papel en su Biblia, aunque más no fuera el sacrificio. ¡Ah, comprender de una vez para qué se ha nacido!

Pero entonces, cuando llego al final —*¡Dios mío, nunca antes lo había recordado!*—, veo la escena atroz que nunca diré a nadie —y no poder decirlo me hará, hasta hoy, su esclavo.

K

2010

Nunca había recordado tanto, nunca había llegado tan lejos. Pero ¿*qué* recordaba? ¿Algo que había vivido? ¿Algo que había soñado? Tenía que saberlo. Con pasión me buscaba, con la pasión morbosa que inspira la verdad. Sin pensar en castigos, ni en recompensa alguna.

Esa mañana, poco después del alba, a aquella misma hora de que yo más recelaba porque, meses atrás, a esa hora la patota había entrado en el terreno del fondo y comido en el quincho, y cagado y meado, esperando tranquilamente que los Chagas despertaran y salieran al jardín; a esa misma hora yo tomé esa escalera de mano fabricada por mi padre que aún está en mi casa, la bajé con esfuerzo por mi propia escalera con un cuidado inútil por no despertar a mi madre, porque ella estaba en vela, alerta a los fantasmas que le trae cada noche.

—Ay, me asusté —dijo saliendo de su cuarto con esa perpetua confusión de sospechar en todo la presencia de la muerte—. ¿Qué vas a hacer? ¡Por Dios, hijo!

Pero yo no tenía paciencia. Protesté vagamente y ella no quiso entender.

—¡Volvete a dormir ya! —e improvisé—. ¡Quiero poner un farol nuevo allí en la medianera...!

—¿Y a esta hora...? ¿Por qué? ¡Nos han querido entrar!

—¡Pero no! —desprecié, y salí al patio, como aquella noche, con la perra al lado.

Para que mi madre al menos dejara de seguirme y volviera a la cama, dejé la escalera a un lado y busqué la Black & Decker en el gabinete de las herramientas. Fingí rebuscar luego en el cofrecito en que mi padre guardaba mechas y tornillos. Y por fin, al darme vuelta, vi que ella, ya olvidada de mí, también miraba el patio, quizá no este, exactamente, sino el de su propia memoria; y que regresaba a la cama, quizá por puro afán de recordar a solas, de distinguir, de una buena vez, la verdad del recuerdo.

Tan pronto como apoyé la escalera en el muro entendí que hoy, tantos años después, aquellos tipos no habrían podido pasar al otro lado; porque a poco de llegar al barrio, los Chagas habían agregado un metro más de medianera —había una marca allí, cubierta por la hiedra, justo por encima del último peldaño: como una cicatriz costrosa en el revoque— solo para no vernos, para hacerse a la idea de que no tenían vecinos o incluso convencerse de que la casa de Bazán era un cuarto de servicio.

Pero empecé a subir. Siempre he sufrido vértigo. Mi padre podía ir por las arboladuras del crucero *Rivadavia*, en alta mar, con vientos patagónicos zarandeando la nave. Se ufanaba de eso. Pero yo siempre, al subir, he temblado.

Cuando una experiencia se calla durante tanto tiempo, me decía, y ya no puede distinguirse si fue real o imaginaria (quizá porque la mente arrumba en el mismo compartimiento lo que se vivió y lo que se imaginó, cuando no tiene nombre), solo el cotejo con la realidad puede sacarnos la duda.

Y si nunca desde entonces había vuelto a subir, el cuerpo, al revivir el vértigo, ¿no podía ayudarme a recordar? Subí, casi mareado, cada peldaño, sobresaltándome a cada cimbronazo de la escalera apoyada en tierra.

Hasta que algo, violentamente, me bajó.

La alarma. El popurrí de sirenas que había dejado Chagas.

Pero no fue por miedo que me descolgué muy rápido y volví a la cocina y pasé junto a mi madre que ahora sí estaba segura de que algo grave ocurría, y sin tratar de disuadirla, la dejé, alzando los brazos al cielo. Era por el apuro de llegar al balcón trasero: la imagen, en mi mente, era una imagen cenital, ¿y no habría sido desde allí que esa noche había visto el patio de las Kuperman? Pero otro muro nuevo tapaba también esta visión del patio, como si más que dejar de vernos, Chagas hubiera querido hurtarme la verdad.

Fue entonces cuando pensé que solo una persona era capaz de ayudarme, y aunque los nervios me impedían recordar su nombre traté de recordar la chapa leída tantas veces en la infancia mientras pasaba jugando frente a su puerta y su nombre al fin se dibujó, negro sobre dorado.

Diana Esther Kuperman. Abogada.

Y la busqué en la guía. Y marqué su número.

Sintiendo que llamaba a otro mundo, a otro tiempo.

Desaparecido.

—Hola, ¿señora Diana? —aventuré, y creo que nunca antes la había llamado por su nombre.

—Sí, quién es —dijo, sin matiz de interrogación (y era una voz cascada y sorprendentemente animosa, de ese color rasposo que quizá hermana a los descendientes de alguna zona de Alemania; una voz de judía del siglo XX, independiente y fumadora: la voz de Blackie, la voz de Hanna Arendt, la que creía adivinar en la foto de Cynthia Ozick).

Me presenté y le dije que quizá no se acordaría de mí.

—Pero cómo no me voy a acordar —me dijo—, si ayer te vi por televisión.

Se refería a un programa en el Canal TN, del grupo Clarín, adonde yo había ido a presentar mi última novela.

—¡No me sorprende nada que seas un escritor! ¡Ya eras un chico tan especial, tan especial!

Claro, me dije, las Kuperman me querían, y me querían distinguiéndome del resto: yo, como ellas, era una anomalía. Todo aquel que ha querido a aquel chico que yo fui, y que aún no perdono, me llena de gratitud.

Y cómo me alentaba que supiera que yo era un escritor.

—¿En qué te puedo servir, corazón?

Y en verdad, ¿para qué la llamaba? ¿Para verificar un recuerdo? ¿O para protegerme de él? ¡Ah, el maricón que corre a casa del vecino cuando el padre quiere sacudirlo!

Le dije que la llamaba por algo que me había recordado el caso Papel Prensa…

Se hizo un largo silencio. Parecía decepcionada: el chico que yo había sido, aquel chico especial, no se preocupaba por tales cosas. O quizá Diana por fin había comprendido que había un adulto al otro lado de la línea. O quizá temiera, claro, que también el hijo de Bazán fuera un espía.

—Ajá —dijo, severa, atenta pero replegándose, tan servicial como podía serlo en su estudio de abogada al escuchar a un cliente, antes de decidir si aceptaría o no el caso.

Improvisé que habían asaltado la casa de los Chagas y que eso me había impulsado a escribir una historia largamente soñada. "Ajá", repitió, sin entender qué tenía que ver ella con eso. Le aseguré que mi última intención era molestarla, que no era necesario ni imprescindible que nos viéramos. Pero que en realidad quería escribir sobre esa noche del '76 en que la patota había pasado por casa para buscarla a ella.

—Ah, me fueron a buscar —dijo, cauta.

Y yo, perplejo, creí comprender que, en medio de la tragedia de su vida, el recuerdo de esa noche no era nada, que esos, ¿cuántos?, ¿diez?, ¿veinte minutos? solo habían sido memorables para mí y mi madre. Y que, Dios mío, bastaba mi decisión para borrar esa noche, y la participación de mi padre, de la memoria del mundo.

—¡Claro! —dije, como si ese dato fuera un honor que Diana debía asumir, como si ella fuera de los que disfrutan al solidarizarse con las víctimas, con el orgullo de haberlas ayudado...

Creo que fue ella quien tomó el primer desvío. Me dijo que, ya que veía que yo estaba en el tema —y no había en ello el menor matiz de elogio—, iba a ser clara.

Dijo que por todo esto que estaba pasando ("oh, sí", interrumpí frágilmente, había leído las increíbles declaraciones de Isidoro Graiver, que aseguraba que "no había sido torturado"... ¡porque no consideraba tormentos ni las amenazas, ni las esperas eternas frente a despachos o cámaras de tortura, ni, en fin, ninguna forma de violencia psíquica...!), ahora mismo iba a pasar una chica del juzgado a pedirle no sabía qué y, como yo podría entender, prefería no hacer conjeturas por teléfono...

—No, claro que no —me apresuré, contento de que estableciera entre nosotros esa complicidad típica de los opositores a la dictadura. Aunque no hubiera riesgos. ¿O sí? ¿O pesaba sobre ella la historia de Julio López?—. Yo no decía de ir ahora mismo...

—Y después tengo unos días terribles con mi cuñado, que está enfermo, y con mi hermana...

Y después vendrían las fiestas, pensé, y después el verano: "No me atenderá más". Con desesperación, yo también cambié de tema.

—¡Tu hermana! ¿Cómo está? (quería demostrarle que mi única preocupación no era la novela, que ellas, las Kuperman, me importaban más que a cualquier periodista... y que por eso ella *tenía* que colaborar con mi novela). Siempre me acuerdo de que me llevó una vez al País de los Niños, a un concurso de manchas...

—Ah, sí —dijo con orgullo—. ¡Siempre fue así, mi hermana! Una artista... Todo lo contrario de mí, ¿no? Que siempre estuve por... por... —y cierto tono de la voz dio a entender que yo debía saber por dónde había estado, exactamente— por la tierra...

—¡Fue por ella que me anotaron en la Escuela de Estética! —agregué, y me avergonzó el tono en que me salió ese recuerdo—. Algo muy experimental para la época...

—Ah no, eso no lo recordaba... —refunfuñó—. ¡Pero sí, esa es mi hermana!

—Y otra vez me llevaron al teatro, me acuerdo, con tu sobrino...

—Ah no —se replegó, firme—. Yo no tengo sobrinos...

—¿Cómo que no? ¡Simón! —dije, como quien busca argumentos en una declaración que un juez desmiente—. Lo recuerdo muy bien.

—Amigo, nomás —corrigió—. Simón Feldman. Amigo, nomás.

Oh pero, ¿me rechazaba? ¿Y por qué lo hacía? De pronto caí en la cuenta de que la alarma de la casa vecina, que yo mismo había echado a andar, seguía sonando, y que quizá ella la escuchaba como un telón de fondo inquietante, sospechoso, intolerable, que solo daría ganas de colgar.

—¿Y la señora Felisa? —pregunté.

—Mamá falleció en el 2004 —recordó, dificultosamente, como quien saca cuentas respecto de un tiempo que ha parecido eterno.

Algo en su voz me sugería que quería corresponderme preguntando por mis padres, pero no se atrevía.

—Ah —confesé—, el mismo año que papá. Qué increíble.

No me preguntó por él, pero no pareció detestarlo, ni saber nada de aquella noche. Pero, ¿qué podía haber de increíble en que muriera gente de más de ochenta y cinco años?

—¿Y cuántos años tenía, la señora Felisa?

—Y… mamá era del '13.

Y habría querido decirle que siempre recordaba la expresión de sus ojos, aquella noche. Pero no me atreví a volver al tema, quizá por temor de que me dijese que nunca había existido.

—Solo una vez volví a encontrarla —recordé—. En los años ochenta, en los primeros ochenta. En un negocio…

—Ah, en Diagonal 77—me dijo—. Una mercería de unos primos.

—No, no, en calle 7 —corregí—. Estoy seguro —dije.

Pero no le conté por qué se había grabado tanto ese recuerdo en mí: la emoción de la señora Felisa al reencontrarme —yo era parte de un pasado, de una casa, que les habían arrebatado— había sido para mí la prueba de que no sabían nada de lo que mi padre había hecho aquella noche.

—Bueno, no sé, en esos años yo estaba en Buenos Aires, y la verdad…

Pero, ¿por qué estábamos hablando? Diana no hacía más que señalarme la desproporción entre la pasión que yo sentía por el tema y lo poco que en verdad sabía. Pero, ¿cómo podía transmitir lo que había en mí de más cierto y de frágil?

—En fin —dije, retomando el tema—, ya debe estar por llegar a tu casa esa chica del juzgado, y no quiero molestarte. Pero recordá que tampoco necesito mucho tiempo. Porque en verdad no tiene nada que ver con ustedes, lo que quiero escribir.

Y estuve a punto de decir: *Solo me bastaría con saber si tu cocina tenía una puerta mosquitera*, pero pensé que entonces terminaría por confirmar lo que ella ya sospechaba: que yo estaba loco.

—No podés imaginar lo que me removió aquel asalto a los Chagas. Tan igual, tan igual... Claro que por motivos económicos...

—¿Cómo *económicos...*? —repitió, sin comprender. Como si yo diera por sentado que su caso *no* había tenido motivos económicos.

—Y después enterarme de que el vecino de enfrente era informante de la ESMA... Lo sacó la revista *Veintitrés...*

—¿Cavazzoni? —preguntó, inmediatamente, y fue como si dijera, "Nunca he dejado de recordar", o más aún: "Nunca he dejado de vivir en esa casa"—. Bueno, pero Cavazzoni es militar...

—¡Cómo te acordás!

—¡Pero cómo no me voy a acordar de mi casa, corazón! —dijo—. En fin. Yo antes compraba *Veintitrés*. Pero dejamos de comprarla porque ya no me gusta. Con mi hermana ahora decidimos comprar *Noticias.*

—Y probablemente Cavazzoni haya tenido que ver en todo lo que siguió pasando en el barrio después de que te fuiste...

—Ah, no sé lo que pasó... ¡En el '78 yo estaba en prisión!

Y como presumí que querría cortarme, aventuré.

—¿Sabés que Chagas no sabía que te habían llevado?

—Bueno, ¡es que yo tampoco tuve relación con él...! Nos pasamos la correspondencia los primeros meses, esas cosas.

—Pero bueno. Hagamos algo —admitió finalmente, quizá sobrepasada—. Dejame tu teléfono y yo te llamo tan pronto sepa qué quiere esta gente... que viene a molestar después de tantos años. Yo te llamo.

Creí entender que la ironía no lo era tanto, y me sorprendí. Pero algo en ella se había deshelado, sinceramente. Y dijo, con profunda ternura.

—Y no te tires a la pileta, corazón, que no nos dejás dormir la siesta...

COLGUÉ EL TELÉFONO de un golpe, con una exaltación de loco enamorado. Diana no había aprobado nada de lo que yo decía. En cierta manera, me había expulsado de sí. Pero algo de esa charla me autorizaba a seguir pensándola; a hacer memoria en lugar de repetir.

En eso sonó el timbre: el cartero traía un paquete grande con el *Régimen naval* que, según rezaba el aviso en Mercado Libre, era algo así como un manual del aprendiz de la ESMA. Encontré en la cocina a mi madre y a Coca. Una desayunaba, recién levantada, y la otra, en cambio, se proclamó cansada por haberse despertado al alba.

—Qué condena con esta alarma, ¿eh, Leíto? —dice Coca, señalando al otro lado del muro, donde todavía suena el escándalo que accioné con mi osadía.

—¡¿Saben con quién estuve hablando, justamente?! —grito, pero mi madre no escucha—. ¡Con la chica de Kuperman! ¡¿Se acuerdan?!

Coca se sorprende. Está acostumbrada a que un "joven" como yo se interese por la historia del barrio. Pero baja los ojos, con una sonrisa helada, como si esta vez le desagradara recordar.

—¡¿Quién, quién?! —pregunta mi madre. Aunque no me ha entendido, ha notado la incomodidad de Coca y eso la alarma.

—Los judíos, Ventura —sintetiza Coca, para tranquilizarla, y desvía la mirada, y parece poco propensa a volver sobre el tema. Pero mi madre no ha entendido, y eso me autoriza a acercarme a gritarle al oído:

—¡Con la chica de Kuperman, la hija de la señora Felisa! ¿Te acordás?

—Uh, sí —dice mi madre, con su aprensión de siempre, y con un íntimo dolor: no se explica por qué he debido hablar con Diana, y como ante cada cosa que no comprende en este mundo, piensa que la causa fue una muerte.

—¡La señora Felisa, murió! —confirmo, ante una Coca que no esboza el menor interés: me complace demostrar mi propio afecto por las judías; ser el chico especial del barrio—. ¡Y el mismo año que papá!

Y aunque digo a mi madre no sé qué otra cosa respecto de Diana, tratando de hacerle ver que no fue triste el reencuentro, ella ya no quiere escuchar.

O quizá Diana le traiga el peor de los recuerdos: el mismo que yo reviví anoche, mientras tomaba notas para una nueva novela.

Estaba demasiado nervioso: me dolía la nuca, me temblaba el cuerpo. Subí a mi cuarto y avisé a los primeros alumnos de la tarde, Germán y Lorena, que aplazaba la clase, y me tomé un clonazepam. "Los judíos", me decía, recordando a Coca, recordando a mi padre: y me dije que, por raro que fuera el caso Graiver, coincidía exactamente con lo que los antisemitas esperaban de los judíos; a punto tal, me dije, que casi podía pensarse que había sido propiciado por los gentiles.

Mientras esperaba el sueño, me senté ante la computadora a navegar casi sin ver: estaba abierto el Facebook, y así, casi sin pensarlo, tecleé Simón Feldman en el renglón de búsquedas. Apareció un gordito de mi edad, sí, pero irreconocible, que vivía en Jaifa, casi sin amigos ni mensajes en castellano, casi empeñado en una anonimia o secreto, como si también él recelara de todo. Yo le escribí un mensaje, sabiendo que podría parecer tonto o excesivo o sospechoso, y que él mismo podría escribirle a Diana para alertarla sobre mí y arruinar mi plan. Pero mi exaltación podía más.

Oh sí, quizá Diana no fuese como nadie que yo hubiera conocido: pero eso mismo me exaltaba. Escribí entonces en Google el apellido Kuperman, seguido de los nombres, y aparecieron datos, unos pocos, sumamente formales.

Kuperman Diana Esther, en el padrón de la facultad de Derecho, "hábil para votar", un número de DNI y mes de graduación en 1966 —el mismo año en que yo llegué al barrio...

Diana Esther Kuperman en el blog de un ex agente secreto de la policía, en la lista de miembros del Grupo Graiver: "No pudo comprobársele actividad delictiva".

Kuperman Diana Esther, integrando la lista de ex detenidos desaparecidos en el centro clandestino de detención Puesto Vasco, Don Bosco, junto con los demás involucrados del caso Graiver y Jacobo Timerman.

Kuperman, Diana, en el índice onomástico del libro *Graiver,* de Juan Gasparini, que de inmediato bajé de un sitio pirata y mandé imprimir.

Y por fin Diana Esther Kuperman en aquella noticia del diario *Hoy*: la que hacía mención a su declaración en los Juicios por la Verdad y a un abogado conocido —a quien, también de inmediato, escribí, pidiéndole, sin mucha esperanza, el texto completo de la declaración.

Veo la foto de la persona con que acabo de hablar: una especie de niña vieja, de flequillo rubio y anteojos inmensos, con las cejas fruncidas y los hombros casi pegados al cuello, expresando la terrible presión de comparecer como testigo. La nota es muy confusa, está mal redactada, y apenas si puedo entender que ella también dice que *no fue torturada.* Que solamente la dejaron durante días junto a una sala de torturas, a *escuchar.* Haciéndole sentir que, de un momento a otro, le llegaría la hora.

Un silencio asombroso paralizó al barrio.

La alarma había dejado de sonar. Había llegado Carlos, el jardinero. Y por fin la había desconectado.

Y escuché, yo también, mientras me dormía. Y aquel silencio volvió a llenarse de las voces de la noche.

L

1976

Dejo la perra a un lado, empiezo a subir la escalera. Y al otro lado del muro veo el patio iluminado. El patio de las Kuperman.

Y mi padre que patea la puerta de la cocina, rodeado por detrás por toda la patota —ellos, tan elegantes, y él en ropa de cama. Ellos jóvenes y altos, y él viejo y aindiado. ¿Con qué expresión en los ojos, tras los anteojos negros? ¿Aprobación o burla?

No lo sé.

Bajé, sigiloso, hui.

No puedo ser como ellos. No quiero ser como ellos. No debo ser como ellos.

No habría querido ver lo que vi.

Mi padre forcejeando con ese picaporte y pateando la puerta —reteniendo la hoja de tela mosquitera que se vuelve contra él, como el ala de un pájaro. Su furia que conozco. Pero su cara es otra. Porque él ya no es él.

Cuando vuelvo a entrar en casa, mi madre aún está en la vereda: el tipo la ha dejado sola, pero ella no se anima a volver adentro, a escabullirse dentro, a ver dónde me metí, en dónde está mi padre, qué pasa con nosotros. Pero temo que lo haga, y me siento al piano. ¿Cómo podría decirle lo que vi? ¡Si al menos estuviera, ella también, enajenada!

La cara de mi padre cuando patea la puerta. ¿Por qué no piensa en nosotros?

Me siento en el taburete y me pongo a tocar.

Que nadie más la haya visto es mi único consuelo.

Bach. Polonesa en Sol Mayor. *Para Anna Magdalena. Es eso lo que toco, o lo que viene a mí a fuerza de costumbre, porque casi no he tocado otra cosa en un año, y porque solo podría tocar esto, ahora que solo puedo pensar en lo que ocurre al lado.*

La cara de mi padre, pateando la puerta. La judía. Igual que en las películas. Igual que en *Ana Frank*. Pero él nunca ha querido ver esas películas. "A la historia la escriben los que vencen", dice. Y dice que él la vivió y no necesita ver películas hechas por los norteamericanos. Dice que los judíos van a dominar el mundo: y que Hitler murió, Alemania murió, cuando quiso pararlos. "¿Cómo que la viviste, vos?", dice mi madre. "¿Viviste en Europa, eras judío vos?" Él se cierra pero aun se digna a deslizar que una vez, cuando hundieron el *Graff Spee*, conoció a su capitán… "Que habrá querido hacer jabón con tanto cabecita negra", dice mi madre, y con un gesto burlón me da a entender una vez más que él está loco. Que ya en la ESMA lo llamaban el "Chivo" por cómo se "chivaba", por cómo se agarraba a golpes con sus compañeros, a la menor provocación. Él se calla, como protegiendo del dolor su propio secreto. Un secreto de esa vinculación imprevista con Hans Langsdorff. Por terror de conocer ese secreto me acostumbré a esquivarlo, y cada vez que sale el tema de los judíos, temblando, lo distraigo. No es difícil: él sabe muy bien que callar es cubrir a los nazis hasta el día que puedan volver. Pero, Dios mío, ahora sé que ese día es hoy.

¡Es tan breve esta pieza! Recomienzo da cappo. "Répétez, répétez", *dice Mme. Dupond, y ríe porque entiendo que debo empezar de nuevo y no "ensayar y ensayar" cuando vuelva a casa, repetir y repetir "hasta que el dedo uno toque la tecla Do sin que la mente lo ordene, hasta que cada nota llegue sola a relevar a la que calla, hasta que Bach se apropie de un rincón de tu cerebro". El rincón en que ahora me refugio para escapar de mi padre.*

Mi padre empujando la puerta de la cocina, manoteando el picaporte, asestando patadas que aún me parece oír, ¡pram!, ¡pram!, mientras los otros, atrás, lo miran arrobados. ¿Festejando qué? ¿Que el gato viejo enfrente a la rata judía? ¿Una de aquellas rabietas del Chivo Bazán? Una vez, yendo en auto, divisó en la vereda a un electricista que le había hecho mal un trabajo y frenó en plena calle y se bajó a trompearlo, ahí nomás, en la vereda, y aún escucho sus gritos que le pedían piedad y los gritos de mi madre que le pedía que parase y cuando vio que la cara del tipo se llenaba de sangre se bajó ella también dejándome a mí en el auto y en medio de la calle, gritando, aterrado de que también la mataran a ella. Yo tendría unos cuatro años. Y otra vez, una noche, escuché desde mi cuarto que los dos discutían y que se amenazaban y cuando no aguanté más y corrí a interrumpirlos lo sorprendí enarbolando un sillón en lo alto, dispuesto ya a tirárselo a ella, que gritaba, reptando por el piso… "¿Pero qué hacés, malísimo?", le grité y lo detuve, como por pase mágico. "¿Me separo?", me preguntó mi madre al día siguiente, y yo dije que no, no porque no quisiera. ¡Me daba terror ser yo quien decidiese! Y desde entonces creo que debo intervenir. Cada vez que oigo alzarse sus voces, invento cualquier cosa para entrar y distraerlos. Esa es mi función. Pero, ¿cómo distraer a toda la patota? Toco el piano.

Una vez más. Tercera. "Répétez, répétez", *me decía Mme. Dupond, "hasta que sea la pieza la que obre en su sentimiento y no su sentimiento el que fuerce la pieza. Y recuerde que en Bach, en el clave, no puede expresarse sentimiento alguno". Un perfecto refugio.*

Mi padre que forcejea con ese picaporte, que asesta patadas a la puerta de la cocina. Si encuentran ahí a alguien, ¿qué le harán? ¿Qué le dirán? ¿Cómo podré soportar la vergüenza? Una vez, hace poco, después de que pelearon, me esperó agazapado tras la puerta de la cocina: "Es como dicen en la televisión: cuando se acaba el amor empieza la agresión", me dijo. La amenaza, el peligro, no me dejaba imaginar en qué consistiría esa *agresión.* ¿Y no lo sabré ahora, si entran a la casa y la encuentran a Diana? ¿Pero a mí, qué me harán? Ya no sabría arriesgarlo: porque entiendo que él me haya obligado a dejar la Escuela de Estética. Que me haya llevado un día al Instituto de Cultura Alemana y me haya preguntado si quería estudiar allí —y que se haya entristecido cuando dije que no, que prefería tocar el piano. Pero, ¿por qué me preguntó, el día en que encontró un álbum de música hebrea que me compré en Aquí la música, si quería convertirme al judaísmo? ¿Por qué dije que sí? ¿Por qué sentí que sí? ¿Por qué me ilusioné con la idea de volverme judío? ¿Por qué no insistí después, cuando mi madre se enfureció al enterarse de semejante locura? Quizá, cuando las Kuperman vuelvan y encuentren su puerta rota, creerán que soy como él. Ya no podré morir con ellas en el campo. Ya no seré como Ana. Y ese será el castigo.

"Répétez, répétez". Pero ya no hay excusa para seguir tocando. Alargo cuanto puedo el acorde final para no oír el silencio —no volver a ser, yo mismo, una nota perdida en los ruidos confusos de la noche, según una partitura que nunca escuché entera.

Dios mío, qué vergüenza. ¿Qué diré cuando mi madre vuelva adentro y me pregunte qué pasa? ¿Qué es eso de tocar el piano mientras otros se juegan? ¿Por qué dejaste solo a tu padre o al menos no me defendiste? La miraré pensando, porque no tengo palabras que cuenten lo que vi: "Eso que pasa al lado, mamá, es nuestra derrota".

Lenta, sigilosamente, despego las manos del teclado. Un tipo, detrás de mí, ha estado escuchándome, y tose para que me vuelva. Salto y me mira fijo, Itaka en mano.

—Lindo —me dice—. Lindo.

Y un ruido lo distrae.

Ahí sí vuelve mi padre. ¿Sabe él que lo he visto y que sé *demasiado*? Si lo sabe, o lo ha olvidado o no le importa.

Su orgullo, su postura, que ya sé inolvidable, me esclarece: yo parezco salido de una película yanqui, de una mala película, a favor de los judíos; en fin, de una ficción, que es casi como decir: de una fantasía o una mentira. Pero él viene de un pasado secreto y muy real, que revivió esta noche; por eso siempre decía, del nazismo, "lo viví", aunque no, no haya estado en Alemania. Sí, es la realidad, que parecía no conocer, la que ha venido a buscarlo y lo ha conquistado, lo ha invadido.

Y quizá también, cuando ahora vuelvan, él dirá: "Mi pibe me avergüenza, castíguenlo". ¿Y cuál será el castigo? Me echarán del cubículo secreto y empezará la vida. Y saldré a un mundo horrendo sin lugar para mí.

Pero cuando mi madre llega entonces y nos mira, por Dios, se paraliza.

Porque esa mirada de mi padre, ¿no es la misma que tengo después de haber tocado?

Por eso, cuando los tipos por fin se van y se cierra la puerta, ella, azorada, nos pregunta:

—¿Qué hicieron? —y se siente excluida.

Nunca le hemos parecido a tal punto padre e hijo.

M

2010

Desperté y no era el mismo. No lo era el pasado.
Solo por ese exceso que no me podía explicar. Que nunca había recordado, precisamente, porque no habría podido explicármelo.

En verdad, ¿qué justificaba que *mi padre* hubiera pateado la puerta? ¿O no sabían los otros patearla? Que lo hubieran obligado me resultaba inverosímil. ¿Se había ofrecido él, ya que los otros tenían las manos ocupadas con sus armas?

¿O acataba un viejo reglamento aprendido en la ESMA memorizado, también, como una partitura?

Y con aquellos ojos. Ojos de estar haciendo lo que más se ha deseado. Y los otros detrás, admirados: ¿de qué?

¿De que un viejo todavía pudiera? ¿De que un ciudadano común, por causas todas suyas, pudiera volverse un soldado más feroz que ellos mismos? En todo caso, mi padre, ¿lo sabía? ¿Daba ese espectáculo, como quien toca el piano? ¿Y qué satisfacción le procuraba el aplauso?

Como sea, no creo que pensara que el futuro sería de otros que de los militares, ni que él tuviera lugar en un mundo distinto. Como todo buen soldado, luchaba sin pensar en el resultado final de la batalla.

Pero, ¿sabía mi padre, al fin, a qué daba esa puerta? ¿Qué *sabía* mi padre, aquella noche? Esa furia en sus ojos me decía que sabía mucho más. ¿Pero qué?

Se dice —dicen los abogados, por ejemplo, de los genocidas, en los Juicios por la Verdad: y es su principal argumento para pedir su absolución— que no se puede juzgar una época según los criterios de otra. Que no puede entenderse la guerra en términos de paz.

Pero hay un *demasiado*, un exceso que ni la guerra admite y que puede leer hasta un chico como yo era. Aunque no pueda entenderlo y aunque esa incapacidad lo obligue a sepultar ese recuerdo dentro de sí por más de treinta años.

Para protegerme de ese recuerdo yo había adherido a las víctimas. Quería ir aprendiendo un abecedario que por fin me ayudaría a contármelo, tolerablemente, algún día.

Mientras tanto había tenido que vivir aparentando que mi terror no existía. Porque además, si yo hubiera actuado de otra manera, si hubiera mostrado eso que él había hecho, o si tan solo me hubiera mostrado como familiar de un marino, las víctimas, estoy seguro, me habrían expulsado.

¿Por qué es tan difícil recordar esa época? ¿Simplemente porque en ella sucedían cosas monstruosas? ¿O porque yo había sido testigo de que cualquiera puede convertirse en un monstruo y eso es lo intolerable?

Pablo Salem puede ayudarme, me dije, aquella noche, recordando al alumno que estaba por llegar.

Quizá pueda decirme si, después de tantos años, ha llegado por fin el tiempo del testigo.

PABLO SALEM. Abogado. Tiene, como Miki, la edad de estos recuerdos: pero Pablo no recuerda a su padre ni a su madre, secuestrados pocos días después de que él nació. Su abuela paterna lo crió, ahogada y acogida en el silencio de un pueblo de la provincia de Buenos Aires —porque de su desgracia aún no se podía hablar. Cuando ella murió, Pablo llegó a La Plata. Los padres de su madre se hicieron cargo de él.

Fue el fin de su infancia, si había tenido una. La abuela del pueblo, aunque ausente y sonámbula en la espera de sus hijos, era buena y hermosa, y había agradecido que Pablo existiera. Sus abuelos de aquí, en cambio, eran gente burguesa que encaró su crianza, no a desgana, como en tantos casos, sino como una mezquina oportunidad de ajustar cuentas: "Me decían que mi viejo le había lavado el cerebro a mi mamá, que por culpa de 'ese negrito' había entrado en la guerrilla".

Desde que empezó a formar parte de HIJOS, en el '96, Pablo se negó a volver a ver a estos abuelos. "Y los viejos", argumenta Pablo, "tampoco han demostrado extrañarme demasiado...". Aunque él haya llegado a ser un abogado prestigioso, secretario de un juez, y se haya casado con una chica de familia aristocrática y sienta por el gobierno, y acaso por el mundo entero, un odio feroz, los viejos no lo quieren.

Yo ese odio lo siento cada jueves. Pero sigo dándole clases sin saber bien por qué, quizá como un sucedáneo de lo que alguna vez entendí como militancia, o una de esas misiones católicas que enseñaba a emprender el colegio marista: padecer al malvado para volverse santo.

Pablo llegó a mí recomendado por otros hijos; quería escribir cuentos, me dijo, sobre "nuestra historia". Nuestra historia es, para él, casi exclusivamente, la historia de sus padres desaparecidos. Son cuentos pretenciosos, y por fuerza, fallidos: porque además Pablo no tiene paciencia para leer literatura; no soporta la ambigüedad de la literatura. La función que él otorga a escribir, a imaginar, no es buscar la ambigüedad de la vida, oh no: es aniquilarla.

En uno de esos cuentos, un militante de HIJOS, poeta como Pablo, a fuerza de leer una y otra vez el ejemplar de los *Versos del Capitán* que su padre leía por el tiempo en que se lo llevaron, comprende que los subrayados componen un mensaje, que indican el lugar de su última cita: es una villa miseria. Y cuando, con secreta esperanza de encontrar a su padre, él acude en su auto último modelo, unos villeros inverosímiles —porque, quiera que no, Pablo solo sabe cosas de su familia— lo secuestran, humillando una a una sus idealizaciones.

En otro de los cuentos, un militante de HIJOS, electricista de oficio, ingresa en un partido de choque, y se ofrece para ejecutar una acción muy riesgosa; la acción al fin fracasa y lo encarcelan, y él resiste y provoca, como esperan sus compañeros; y cuando al fin se disponen a pasarle picana, comprende que durante toda su vida —con su oficio curioso, con esa militancia— no ha hecho otra cosa que propiciar este momento, cuando al fin descubrirá si su padre pudo pensar en él en su último instante, si de bebé él había tenido, para su padre, alguna importancia.

Cuando, para explicarle concretamente no recuerdo qué procedimiento técnico, le propongo hacer un ejercicio simple sobre una anécdota familiar que, en lo posible, no tenga que ver con los desaparecidos, de modo que nada lo distraiga al momento de pensar en la técnica, Pablo se traba, no consigue decir nada. No sabe, descubre. De su familia no sabe nada que no sea su tragedia.

Pero no se avergüenza de su incapacidad, al contrario, parece complacido de encontrar más pruebas de que alguien que alguna vez quiso cambiar la realidad, ignora por completo lo que la realidad sea.

Y por eso Pablo no soporta oír hablar de nadie vinculado con derechos humanos. En sus relatos, cuando aparece una Madre, es loca e infatuada: patética en su ignorancia de que el combate no es para amas de casa. Cuando aparece un antropólogo forense, por ejemplo, es feo, irritantemente ingenuo, insoportablemente compasivo, porque, además, a Pablo toda piedad lo humilla. Cuando aparecen los HIJOS, de la primera época, esos militantes como él fue, los que reivindicaban la lucha revolucionaria de sus padres y se decían sus herederos, Pablo los muestra como chicos bien, burgueses privilegiados por las indemnizaciones.

Y sin embargo, pienso, gracias a todas esas personas que despreciás estás hoy aquí. Gracias a ellas estoy yo también aquí, escuchándote.

Pero él, ¿qué es lo que reivindica? La lógica anterior a la lógica de los derechos humanos: la de la guerra. Las imágenes más incómodas de sus padres, que suele enumerar como quien da un puñetazo a mi alma sensible: un guerrillero que, en el '76, sabiéndose cercado, se encierra en su casa, electrifica los picaportes de la puerta de entrada, riega con nafta pisos y paredes, y se sube a la terraza donde por fin se pega un tiro cuando está seguro de que ha hecho morir a siete milicos. "En memoria de ese caído me pusieron mi nombre", dice, sonriendo. "¡Y mis abuelos creían que era por Neruda...!"

Se lo ha contado un compañero de su padre, alguien que sigue concibiéndose, ante todo, un *ex combatiente* que, desde entonces, permanece en la clandestinidad.

Finalmente, una semana después de haberle pedido una anécdota, Pablo accede a contarme una historia de su abuela: "Desde la mesa de torturas, mientras le exigían que cantase dónde estaba uno de sus hijos, por detrás de las voces de los torturadores, creyó reconocer la tos de mi papá. Poco antes de que la dejaran en la terminal de ómnibus con un pasaje para volver a Bragado y una culpa feroz de no atreverse a volver a ese lugar, y una pregunta demasiado grande para cualquier ser humano".

Y es el recuerdo de esa anécdota lo que me lleva, ahora, a contarle todo sobre Diana Kuperman, a pensar que él puede ayudarme, quizá, a entender un poco. Eso, y el hecho de que, como Diana Kuperman, Pablo sea, sí, fatalmente, distinto.

Si me hubiera atrevido a denunciar lo que sucedió esa misma noche, habría dicho que Pablo Salem llegó media hora tarde, a eso de las nueve, con dos botellitas de cerveza y tres paquetes enormes de papas fritas: después de todo un día de trabajo, encaraba la clase como una fiesta. Abrió sus carpetas, desparramó hojas colmadas de correcciones.

Pero antes de que él pudiera decir nada le hablé de la novela que pensaba escribir sobre "la chica que habían llevado de aquí, de pared por medio". Y le dije que ese mismo día la había llamado por teléfono.

—¿Y para qué la llamaste? —se alzó Pablo en un gesto de sarcástica perplejidad (¿una confusa reacción de territorio invadido? ¿Celos porque nunca ha podido hacer eso con su padre? ¿Desprecio porque yo no soy digno de mezclarme con esa gente?)—. ¿Para qué...?

(Y es una humillación que, sin embargo, no siento. Sé que lo que no entiende, lo que yo no entiendo, es lo único importante: estoy dispuesto a pagar, a cambio, el precio de su agresión.)

—No sé —admití—. Así es escribir: ir buscando lo que no sabés que existe.

El ríe falsamente. Sé que me ha declarado la guerra, pero todavía pienso que esa guerra me ayuda a pensar mejor en todo lo que me pasa.

Pero, en verdad, ¿para qué la llamé? ¿Para encontrar, todavía, una víctima inocente? ¿Para probarme, en medio de un mundo tan contaminado por el mal, que la inocencia es posible, aunque esté destinada al sacrificio, a la muerte? ¿Para no aceptar, en fin, un mundo más complejo que el que viví en mi infancia?

—Me conmovió muchísimo esto del caso Papel Prensa —explico—. Aquella historia de...

—¿Pero por qué no se dice que los Graiver tenían el dinero de Montoneros?

Y sé que si lo dejo seguir hablará del secuestro de los hermanos Born. De los sesenta millones de dólares que los Montoneros consiguieron arrancarles: el rescate más alto pagado nunca a ninguna organización.

—Porque no es ese el tema —le digo cuando Pablo vuelve de mi cocina adonde, como parte del castigo, ha ido sin permiso a buscar un destapador y un plato donde poner sus papitas—. El tema es *el horror.*

¿Por qué me niego a pensar, yo también, claramente en el fenómeno del terrorismo? ¿Porque entre mis recuerdos encuentro solamente lo que sufrieron las víctimas?

—Imaginate —casi suplico, invocando sin decirlo a su propia abuela—. Diana Kuperman no es una política. Es una señora común, ajena a toda militancia, y se le nota al hablar... Es de otro palo.

—Del palo de la contabilidad... —interrumpe Pablo, tan sumario como Coca cuando le conté, por la mañana, que había vuelto a hablar con Diana.

Pero ¿qué dios dictó ese mandamiento: no tendrás dinero, no aspirarás a él? ¿O habrá otro que dice, más precisamente: no aspirarás a nada más que lo que se concedió, a cada uno, al principio de los tiempos, o harás que se reinicie la batalla inicial?

—¿Te imaginás? —insisto, como si no lo hubiera escuchado—. Un militante podía estar preparado.

Pero esta mujer, de golpe, del hospital en que está internada se la llevan y la dejan ahí, escuchando cómo torturan a otros...

Pero, ¿por qué no puedo aceptar la versión más simple y generalizada por esos tiempos: que los Graiver —y probablemente Diana— eran gente sin escrúpulos, codiciosos al punto de aceptar un dinero manchado de sangre?

Y de pronto, cuando alzo la vista, comprendo que algo logré con mi embate: Pablo ha trocado su sarcasmo por una especie de seriedad profesional, como si al fin se aplicara a la clase —después del desvío absurdo que lo obligué a hacer—, y me concede:

—Es raro —confiesa—. Estuve intentando escribir esa anécdota que te conté la otra vez. Pero, ¿sabés? Yo que puedo pensar, imaginar y hablar acerca de mis viejos, yo que de hecho no hago otra cosa, no puedo ni pensar en la tortura de mi abuela. Ni pensar. No puedo.

Y de pronto comprendo que, en verdad, a Pablo sus padres no le importan nada. Que está atravesado por el discurso de su abuela, de la mujer que, como Diana, de golpe, se vio en medio del horror más puro. Pablo, al morir su abuela, debe de haber sentido que tenía que reemplazarla; que debía ser su continuación, en la idealización de sus hijos y de los desaparecidos y en el reclamo —hasta que por fin comprendió que esa misión era demasiado pesada para cualquiera. Y quizá aún hoy se pelea con el recuerdo de su abuela, como nunca se atrevió a pelear en la mesa familiar, como si esa mesa existiera, o más aún: como si él nunca se hubiera levantado de ella.

Lo cierto es que lo que yo quiero escribir nunca se discutió en su mesa. Tiene que ver con lo que llaman realidad —lo que no es asequible. Eso que yo iba a enfrentar tan pronto Pablo se fuera.

Si me hubiera animado a denunciar, digo, habría declarado que la clase de aquel día terminó más temprano, aunque no recuerdo exactamente el motivo: creo recordar, vagamente, que haber puesto triste a Pablo tuvo su merecido, y yo decidí que él tampoco tenía derecho a pagar su salvación con la destrucción de quienes lo ayudaban.

Recuerdo que lo despedí enojado en la puerta, sabiendo que nunca más volvería, y que se subió a su auto de lujo y arrancó chirriando, sin mirar atrás: por eso, si lo convocara como testigo, de nada serviría.

Porque Pablo no había visto llegar a aquel autito blanco a toda velocidad, como para aprovechar que yo estaba en la puerta.

El comienzo, por fin, de mi propio interrogatorio.

N

1976

—¿Qué hicieron? —le pregunta mi madre.

Mi padre, en la cocina, en el mismo lugar donde una noche quiso ahorcarla —pero yo lo impedí— llena un vaso con agua, de espaldas a nosotros, que lo miramos fijo. Al cerrar la canilla, con algo de ritual —¿un altar la mesada?— se vuelve, todavía abstraído, apoya las nalgas contra el mármol y empieza a beber, lujosa, remilgadamente.

Se diría que el agua es el premio por lo que acaba de hacer. O mejor: que se ha ganado el derecho a beber el agua que toma.

Termina un primer trago. Los ojos miran, alto, como si oyera el silencio. Los ruidos han mermado en casa de las Kuperman; solo hay algunas voces, un tronar de transmisores, puertas de autos que se cierran —como el eco de un acorde que quedó sin resolver.

Pero él escucha otra cosa. ¿Qué recuerdos extraños que el agua le revive?

Yo temo abrir la boca como quien teme despertar a un sonámbulo. Despertarlo y que nos vea, a mi madre y a mí, y reconozca un resabio inesperado del mundo de las Kuperman. Y en un último e inesperado embate ejemplar, nos aniquile.

—¿Qué hicieron? —repite mi madre, con un último dejo de dureza en la voz.

Yo temo. Yo trato de inventar, como siempre que temo, un pretexto que aparte a mi madre de allí. Pero no se me ocurre.

—¿Qué pasó? —insiste mi madre cuando se acerca a la ventana y descubre, en el patio, entre las plantas, esa escalera de mano todavía apoyada en la medianera, la perra que husmea entre las ramas rotas, las huellas embarradas. Ha empezado a temer verdaderamente, mi madre, y sé que él lo disfruta.

¿Y si ella comprende, además, que yo sí he visto, y que no tengo valor para decir lo que he visto?

Mi padre pateando la puerta, rodeado por detrás por toda la patota —ellos, tan elegantes, y él en ropa de cama. Ellos jóvenes y altos y él viejo y aindiado. ¿Con qué expresión en los ojos, tras los anteojos negros? ¿Aprobación o burla?

—¿Antonio, me oís?

"Antonio", dice, y no "papi", como lo llama siempre. Así lo llamaría ella antes de que yo naciera. El nombre que figura en el pacto que yo desconozco.

Y al fin se oyen autos que arrancan y se alejan. Y mi padre, como imitándolos, se separa por fin de la mesada y hace ademán de irse, también, a seguir durmiendo.

—Qué hicieron —insiste ella, desplomándose en la mesa, como si ya empezara a adivinar.

—Yo qué sé —murmura mi padre mientras pasa irrevocablemente hacia su pieza para volver a acostarse y quizá sea verdad que, ahora que ha vuelto en sí, como si despertara, no le queda de lo hecho más que felicidad —ningún recuerdo.

"Yo qué sé", me repito: eso mismo me dijo, cuando yo era muy chico, la única vez que me atreví a preguntarle por su padre. "Yo qué sé" —y fue su forma de prohibirme, hasta hoy, que volviera sobre el tema.

Y de pronto no tolero la soledad junto a mi madre. Ahora yo debería decirle lo que vi. O al menos decirle por qué he tocado el piano. Aterrado, pregunto:

—¿Apago las luces del patio?

Y ella, que parece agotada, me responde:

—Sí, sí, arreglá todo. Y vamos a dormir.

Salgo al patio como a un escenario: hago el papel del vecino que no teme, ni supone que alguien lo está mirando. Avanzo hasta la escalerita de mano —y mientras la quito de la pared trato de escuchar algo en la casa de las Kuperman. No se oye nada. Pero mientras devuelvo la escalera al gabinete no puedo dejar de imaginar, de hacer hipótesis sobre lo que ha pasado.

Primera hipótesis. Cuando los milicos llegaron, la señora Felisa estaba sola, ya dormida, en su cuarto. Aporrearon la puerta. Ella no quiso abrir. Tomó, en lo oscuro, el teléfono (¿y fue ese el error? ¿El que habrá llevado a entender a los milicos que había *alguien* en casa? *"No hables por teléfono nada de importancia"*, decía mi prima. *"Están todos intervenidos"*), cuando de pronto oye ruidos por el fondo. ¡Gracias a Dios!, se dice, Bazán viene en su ayuda, y empieza a bajar a oscuras la escalera que lleva a la cocina para recibirlo, cuando de pronto ve, por una ventanita que hay en el descanso, uno, dos, tres hombres armados que vienen con él, y por fin, al llegar a la cocina, la cara de Bazán en el marco de la puerta, aporreando el picaporte que se resiste. Los ojos de Bazán, su furia helada, la paralizan. Como si fueran de otro. Porque, ¿quién nos mira, Dios mío, por los ojos de un *goy*? ¿Y qué ven esos ojos en nosotros, que nosotros no somos, que nosotros no vemos, que nosotros ignoramos? Y la puerta, al fin, cede.

Hay ramas del gomero caídas por el piso, que alguno de los tipos arrancó para subir. Tomo del gabinete una enorme bolsa de arpillera y empiezo a recogerlas, dejando al descubierto las pisadas barrosas de toda la patota.

Segunda hipótesis. La señora Felisa no estaba sola, no; estaba con Ruth, la hija menor, la artista. Ruth sabe muy bien qué pasa en el país —pero nunca ha hablado de eso con su madre, para no asustarla. Solo que hoy le han pasado un dato por teléfono, quizá la propia Diana, quizá ese mismo Goldenberg. Y mientras se aplica a romper agendas, a quemar carpetas, a traspapelar documentos, y la madre la mira, extrañada, Ruth trata de darle instrucciones que la señora Felisa entiende pero no logra retener. ¿Que no hable del trabajo de Diana? ¿Pero qué mal puede haber hecho Diana? ¿Y ante quién, por Dios, quién va a venir, por qué tanto terror, hija? Entonces suena el timbre. Ruth tiembla también, quiere tratar de calmar a su madre mientras busca una estrategia al estilo de su hermana (¿exigir orden del juez?), cuando una luz violenta las sorprende desde el fondo, y madre e hija bajan las escaleras hasta esa ventanita desde la que se ve el patio de Bazán, y la propia silueta del vecino aparece por sobre la medianera. Y ellas bajan creyendo que él también escapa de esos tipos que asoman detrás; pero al verlo venir hacia ellas sin nada que, oh no, se parezca al miedo, y abrir la puerta mosquitera y sacudir el picaporte y empujar la puerta de un golpe, se detienen, heladas. Porque es otro, ese hombre. Y cuando al ver que no consigue abrir él empieza a patear la puerta, ellas se repliegan con el cuerpo hacia sus cuartos, y con sus almas hacia un pasado oscuro, apenas iluminado por la repetición. Es otro, ese vecino, ¿pero quién? ¿Y quiénes son los que vienen detrás? Los nazis, pensarán ellas. Los nazis. Y entonces la puerta cede.

Y ahora tengo que borrar estas huellas de mi padre y esos tipos, las pisadas de barro que ensucian todo el patio; y abro la canilla, y empuño la manguera y les apunto y el chorro que las desarma y va borrando me hipnotiza como el pulso de una marea que va alisando la playa.

Tercera hipótesis. Cuando tocan el timbre, dos, tres, cuatro timbres, cuando golpean la puerta, están, en casa, las tres Kuperman, la madre y las dos hijas, casi a oscuras. Dos duermen en sus cuartos o eso intentan. Solo Diana, la hija mayor, trabaja en su escritorio a la luz de una lámpara diminuta, para que nadie la vea. Porque nunca pensó que algo así podría sucederle. Ha sido el doctor Goldenberg, que acaso la ha llamado, quien le ha dicho que pasará a buscarla para decirle algo que preferiría no adelantar por teléfono. Y ella ya imagina qué es, aunque casi no se atreva a pensarlo. Diana es una abogada, no una subversiva. Confía en encontrar un amparo legal que la defienda. Repasa un manual, y quizá una agenda, y la guía telefónica. Quizá piensa en la AMIA, ¿no fue don Juan Graiver su presidente? Y entonces, cuando ese timbre atruena, corre a la ventana al tiempo que ordena a su madre, a su hermana, que se queden tranquilas, que ya se arreglará. Por un momento, al ver entre visillos la calle tomada, un camión del ejército en el camino Belgrano y tipos armados en todas las veredas, siente un alivio absurdo. Gracias a Dios, se dice, al menos no han venido *por ella*, es una razia de esas que arrasan una cuadra, quizá sospechen de esos estudiantes que viven o vivían aquí pared por medio, en casa de Bazán, y por los que el mismo Cavazzoni le preguntó una vez... Es entonces cuando, en efecto, escucha ruidos, pared por medio, y segundos después un ruido en la cocina, y baja. Y ve a Bazán que viene corriendo por el patio, y que empieza a dar patadas a la puerta; y detrás, ¡guiados por él!, llegan unos tipos; y alguien, allá atrás, incomprensiblemente —¿pero quién, sino el chico?— toca la *Polonesa* de Bach... Dios, se dice perpleja, ¿con qué monstruos convive? No bien se aclare todo, los denunciará. Pero, ¿por qué delito exactamente? Y solo cuando busca un nombre para este atropello y no lo encuentra, solo entonces, de un golpe, la desbarata el pánico. Y la puerta cede.

Yo CIERRO la canilla, enrollo la manguera y vuelvo a la cocina. Ahora es mi madre la que, apoyada en la mesada, desde el mismo lugar en que él quiso ahorcarla —pero yo lo impedí— mira TV sin ver.

Después de tanto como ha vivido, en secreto, con mi padre, ¿qué adivina? ¿Y adivina qué vi? Y en todo caso, ¿lo sabía? ¿Sabía que mi padre era capaz de algo así?

¿Y cómo se ve a sí misma? ¿Cómplice? ¿Informante? ¿Víctima?

O quizá va más lejos que mis propias hipótesis, quizá vaga por el mundo que yo, obsesionado por esa imagen de mi padre abriendo la puerta, no puedo imaginar.

De pronto advierte que he vuelto. Me mira fijamente. Yo temo que me pregunte o que note en mí eso que no quiero decirle.

Y me sigue mirando, como si de algún modo jamás me hubiera visto, como si solo ahora, en fin, me comprendiera —fruto de su extraña ligazón con ese hombre.

"Ay negrura…", dice, como quien pide perdón. Y yo le sonrío apenas, y al fin bajo la vista y sigo, otra vez, hacia el piano.

Miro la vereda por la ventana lateral, que ha quedado entreabierta. No veo a nadie en la calle.

¿Y qué pasará ahora, mañana, con nosotros y el barrio? Todos han visto todo: todos lo saben ya… Y si no han visto todo, cada uno lleva en sí un pedazo de infamia.

Han visto a los Bazán colaborar con la cana, contra las judías… ¿Entendieron quién soy, eso que yo mismo no entiendo?

Cuando paso junto al piano, el teclado parejo, la madera lustrosa, me dan ganas de llorar como ante un ataúd abierto, despliego sobre el teclado, como una mortaja, la funda con la lira y las borlas.

El mundo está en suspenso. ¿Y qué pasó con las Kuperman?

Cuarta hipótesis. No la buscaban a ella, buscaban a un fugitivo. Por eso no parecen haberse quedado a esperarla. Buscaban a ese tal Goldenberg, de quien tendrían el dato de que se refugiaría aquí, pero ahora les han avisado que él cayó en otra parte.

Y de pronto, a mi espalda, los faros de un automóvil alumbran la calle oscura, barren el frente de mi casa, suben a la vereda. Son Ruth y la señora Felisa, y antes de que me vean corro a avisarle a mi madre. "Ahí llegaron", le digo con la emoción de un pariente que reencuentra a un familiar perdido, aunque quisiera decir: "No estaban adentro. Papá no les hizo nada". Y mi madre entiende todo porque se ilumina de alegría, y avanza a recibirlas.

Yo le voy detrás, aterrado de que mi padre la sorprenda, y de que acaso alguno de los tipos haya quedado esperándolas, escondido, adentro del chalet. Cuando llego al umbral, no me deja seguirla. Miraré todo desde aquí, apoyado en el piano.

Me emociona observar cómo ella se acerca a recibirlas sin importarle que los vecinos la vean; y que ellas, al principio, la reciben alegres, solo un poco perplejas. ¿Qué se le ofrece a esta hora?

No escucho qué les dice, mi madre. Pero veo trastocarse los rostros hasta alcanzar la mueca inolvidable del terror.

Y entonces, al comprobar su terror, un recuerdo me asalta. "Los sacan de las celdas y los meten en autos y después balean los autos", nos dijo el doctor Vismara, médico de policía y amigo de mis padres, una vez que vino a comer con nosotros y se excedió en el vino, "y yo tengo que firmar certificados de defunción de 'NN muertos en enfrentamiento'. Aunque", abunda, "después de meses en prisión tienen los intestinos pegados de hambre. Y marcas en la piel, de cigarrillos".

Cuando mi madre vuelve a casa, yo la abrazo.

No les ha dicho a las Kuperman que mi padre acompañó a la patota por los fondos. Yo tampoco le he dicho que mi padre les rompió la puerta.

Esa profunda solidaridad une dos coartadas.

Siento un extraño alivio: al fin pasó el vértigo que yo sentí al subir por aquella escalera. ¿O el de haber visto el abismo de un futuro hipotético y del que, por un pelo, nos salvamos?

Si papá nos perdona, podremos sobrevivir.

Y ahora, a dormir. A empezar el olvido.

Ñ

2010

Tan pronto frenó violentamente frente a casa creí reconocerlo. Venía en ese autito blanco, con el logo de la empresa de seguridad pintado en la puerta, y otro tipo oscuro, casi indistinguible tras el parabrisas, venía junto a él.

Se alarmó al ver que mi alumno Pablo se despedía de mí y se iba; y yo me disponía a entrar de nuevo a casa.

—¿Bazán? —me gritó. Mi nombre me detuvo.

—No —repliqué yo, absurdamente—. El hijo.

Porque supuse que mi padre figuraba en los registros de la compañía de seguridad como el vecino al cual recurrir en ausencia de Chagas.

Y supuse que la alarma habría sonado momentos antes —mientras yo discutía con mi alumno. Me preparé a decirle que en verdad no había oído nada. Que después de treinta años de preocuparme por sus alarmas ya había dejado de oírlas.

El tipo bajó del auto: un cuerpo trabajado, bronceado, zapatillas enormes, bermudas y musculosa —y una extraña actitud física que parecía proclamar: esta ropa es un disfraz, pero por ese mismo disfraz reconoceme.

—¿Pero cómo? —amenazó, avanzando—. ¿No sos Leonardo? ¿No sos Leo, vos?

¿Cómo sabría mi nombre? Ahora supuse que, tras la muerte de mi padre, Chagas le habría dado mis señas; y que el nuevo vecino, tal como había heredado al jardinero boliviano, había heredado la empresa de seguridad… y a mí mismo.

—Soy, sí. ¿Qué se te ofrece? —pregunté, repitiendo, sin intención, las palabras de Diana.

—¿Viste algo raro hoy, vos?

Y era inconcebible ese patoterismo, esa agresividad: como si haber visto algo fuera, esta vez, un delito.

—Nada —dije, bajando la vista—. Ni siquiera oí la alarma…

—Ah, no la escuchaste —me dijo, irónicamente.

Y yo di un paso atrás y él, como ligado por algún cable invisible a mi cuerpo —la tela de araña que, al menor temblor mío, azuzaba su violencia—, intentó ponerme una mano en el hombro. Me asusté y me zafé.

—Epa… —dijo—. Qué nervioso. ¿Así que tampoco viste —mirando hacia la casa— y no oíste nada? Esta mañana, digo.

Y así fue como mi madre se sintió aquella noche sobre estas mismas baldosas, me decía yo. Así de aterrada, así de extorsionada, y yo nunca antes la había comprendido.

—Colque te vio —estaba diciendo el tipo, cuando yo volví en mí—. No entiende qué querías.

¿Colque?, me dije. Y después: ¡Claro! Ese sería el apellido de Carlos, el jardinero.

—¡Pero cómo no lo vi! —me apuré a improvisar estúpidamente—. Era justo a él a quien estaba buscando.

Quería preguntarle algo de unas enredaderas del vecino que han crecido demasiado…

El tipo me miró con desprecio: no creía en mi excusa, pero quizá tampoco imaginaba la verdad.

—¿Y por eso me hiciste sonar la alarma?

—Bueno, disculpame —concedí tratando de encontrar algún alivio, y recordé que, en efecto, era su obligación venir cada vez que sonaba la alarma. Hoy no habían aparecido—. Me están esperando para comer.

Pero tan pronto hice ademán de meterme de nuevo en casa, el tipo se volvió a hacerle al otro una señal, y el otro bajó del auto.

Miré la casa de enfrente. Las persianas caídas de un modo inapelable eran una negación a cualquier misericordia. Zona liberada.

—No, vos no entendés —me decía el tipo ahora—. Por no venir a la mañana se nos armó quilombo con el jefe…

Reconocí el relato. Alguien me había contado un suceso parecido, pero, ¿quién?

El segundo tipo se había plantado junto a él: no entendía la razón de este apriete, pero tampoco le importaba. Es más: parecía distraído, solo preocupado por ese quilombo que se les había armado por no venir a la mañana; pero estaba dispuesto a pegar, sin duda, si el otro se lo pedía.

—Y ahora, ¿cómo se arregla esto?

("Vos reservá dinero para cuando te asalten", había dicho Marcela.)

Y aquel era el momento, sí, en que cualquier interrogado se finge ofendido. "¿Qué significa esto?" O, "¿Qué es este atropello?". Como si solo entonces cayera en la cuenta de una infame intención secreta y respondiera afectando una anticuada forma de vindicar su dignidad. La actitud un poco ridícula a la que Diana, en la prisión, habría debido apelar como abogada que era, para evitar los golpes que ya presentía. Pero no dije nada.

Y de pronto recordé la situación parecida: aquella paciente de Chagas a quien los ladrones le habían reprochado denunciar como robado un home theater que ella nunca había tenido —y que después el comisario les reclamó a ellos.

—Bueno, ya te dije, disculpá —retruqué con la poca firmeza de que era capaz—. La verdad es que todos nos quedamos muy mal con lo que pasó…

Y en cuanto lo dije me arrepentí. Porque, ¿cuánto sabían de lo que había pasado? Si en ninguno de los asaltos los ladrones habían hecho sonar la alarma, ¿qué sabrían ellos…?

—¿Lo que pasó? —me dijo el tipo de gorrita tocándome de nuevo el hombro con una breve estocada de su dedo índice, como si corrigiera una mala postura—. ¿Lo que pasó con qué?

"Lo que pasó aquí mismo, hace treinta años", estuve por decir. No hacía más que temblar. Desde el auto, el transmisor los reclamaba. Y el segundo se alejó para ocuparse de esa llamada.

Lo vi llegar al auto, meter la mano por la ventanilla, tomar el transmisor, responder sumiso a una voz imperiosa, intercalada de silbidos, que retumbaba en la calle desierta.

Y todo por ese quilombo que yo les armé.

—De qué te quedaste tan mal vos, ¿eh? —el que había quedado solo conmigo volvió a darme un empujoncito para que le prestara atención—. ¿De qué?

Y ahora es el momento en que se desencadena todo, pensé. Cuando la mínima ignorancia o resistencia hace que el cuestionario incluya la tortura.

—¿Por una enredadera, te quedaste mal?

Pero yo no sabía qué decir.

—Che —reclamó el otro después de cortar la discusión con el transmisor—. Vamos.

—Mirá, flaco —me dijo antes de irse—. Vos ya estás sospechado. Colque nos dijo que...

Pero, ¿cuál era su relación con Carlos Colque? ¿Y si al fin y al cabo fuera Carlos Colque, como sospechaba mi madre, el *entregador*? El que había dicho: *Esta noche el doctor tiene dinero en casa. Ivancito vendrá tarde. Espérenlo y cuando llegue de bailar, entren con él.*

Pero el otro le exigió que fuera de una vez, que era urgente, y quedé de pronto solo, con mi incapacidad de moverme. Ya se subían los dos, apurados, al auto, cuando me dijo:

—¿Quedate ahí, eh? Que ya volvemos.

Ya estoy sospechado, repetí, viéndolos partir. ¿Pero de qué exactamente? ¿Qué le había dicho Colque? ¿Cuánto sabrían de mí que yo mismo ignoraba?

Solo entonces, cuando llegaron a la esquina de Circunvalación, lo reconocí del todo: era el mismo tipo que había visto en esa esquina la noche del primer asalto.

Y, creyendo comprender de pronto qué temían de mí, me metí en casa.

"Vos estás sospechado", "vos estás sospechado". Y mi mente ya no hacía nada más que sospechar. Y como solo podía calmarme con una compañía, y solo había para mí una compañía posible —la única persona que había sufrido algo parecido—, me senté y escribí.

Querida Diana. Estuve torpe en el teléfono. Lo que tenía para decirle, lo que en mí quería decirse, no tenía palabras todavía. Me encontré diciendo lugares comunes, idioteces. Me pregunto qué pensará de mí. Pero si me decido a escribirle no es por remediar el pobre recuerdo de nuestra charla, sino la frustración de no haber podido decirle qué presente estuvo usted en mí durante treinta años. Que el dolor de uno, por solitario que pudo parecer, termina siempre por ayudar a otro, mucho tiempo después, en otro tiempo. La abrazo, L.

Y mientras escribía, con todos mis sentidos, estaba atento a la calle: ¿qué habían querido decir con eso de que volverían?

¿Y cuánto tardarían en volver?

Imprimí la carta, la puse en un sobre, copié la dirección de Diana y la dejé en casa de mi madre: el gesto del suicida en las novelas, el gesto de quien quiere, en las novelas, denunciar a quien ha de matarlo. Algo grandilocuente. Pero su propia grandilocuencia me aturdía.

Si usualmente no puedo dormir después de dar clase, menos habría podido descansar ahora. Por eso robé un clonazepam de los pocos que le quedaban a mi madre. Y mientras esperaba el efecto, oh no, no podía dejar de sospechar.

Y sospechaba, en fin, que con esos asaltos repetidos la policía había conseguido por fin que los Chagas le cedieran la propiedad de la casa. Que mientras firmaban la escritura habían tratado de sonsacarles si acaso le habían contado a alguien de los asaltos; y aunque es probable que los Chagas no recordaran exactamente qué me habían hecho saber, esa misma duda me había dejado "bajo sospecha".

Y a cada ruido, por supuesto, sospechaba que habían vuelto.

Todo esto pensaba mientras hacía pasar maquinalmente, en la Internet, imágenes y datos de Diana Kuperman —en el Juicio por la Verdad, en páginas sobre Camps, los Graiver y Papel Prensa.

Pero de pronto creí entender que el destino de Diana me importaba mucho menos de lo que creía.

Suele suceder. Y esa misma noche se lo había explicado a Pablo Salem. Uno comienza a escribir pensando en un misterio, y luego surge otro, y otro y otro, hasta llegar a ese que parece explicarnos en totalidad.

Creyendo buscar la verdad sobre Diana, se me había abierto el misterio de mi propia cobardía.

El misterio del modo en que, creyendo salvarme, había entrado lenta, plácidamente, en la maquinaria. El miedo al miedo.

El miedo, sí, que nunca había sentido con tanta claridad. Ahora solo quedaba enfrentarlo; tratar de desarmarlo, diciéndolo, entendiéndolo. Escribir, por fin, como quien declara.

Historia

O

2010

El final de esta historia ocurrió la noche del 30 al 31 de octubre de 2010. Si me hubiera atrevido a denunciar, habría dicho que, desde aquella amenaza del tipo de gorrita, ya no vi entrar ni salir gente del chalet de la esquina; las luces se encendían entre hiedras maltrechas, cada vez más salvajes, con una puntualidad que revelaba máquinas, no gente sobresaltada ante el menor ruido raro, ansiosa de ver, a plena luz, la cara del ladrón o de la muerte.

Si después de tocar largamente el timbre en el chalet alguien venía a mi casa a preguntar por los Chagas, mi madre les decía que allí ya no vivía nadie y, si era alguien de confianza —el cartero, o un paciente del doctor, necesitado de medicación—, ella llegaba a sugerir que la venta y la mudanza habían sido "una matufia", alguna de esas cosas a que lleva la ambición, que los pobres no entendemos, y es mucho mejor así.

Y estaba la alarma, claro, que echaban a andar los gatos o el granizo o el viento —pero pasaban horas hasta que llegaba el autito de la empresa de seguridad, horas en que hasta el más temeroso terminaba por no oírla. Y de aquel autito blanco ningún guardia bajaba ya a pedirnos nada —como si quisiera reparar, o incluso desmentir, el recuerdo de aquella noche. O como si, con aquella nueva prescindencia, quisieran recordarme que ya no contaban conmigo, que estaba sospechado y, por lo tanto, en capilla.

"Vos estás sospechado", me había dicho aquel tipo. Y era a su modo un privilegio: ser el único en el barrio que no dejaba de sospechar.

¿Y por qué no conté a nadie el episodio de aquella noche?, podrían haberme preguntado. Pero, ¿quién, en mi lugar, se habría atrevido? Como tanta gente, me esforcé por entender que nada era tan grave, que el "apriete" de aquel tipo de gorrita no había sido más que el arrebato de un cocainómano —que yo me habría borrado de su memoria junto al efecto de la droga. Que denunciarlo habría sido forzarlo a recordar, exponerlo ante ese jefe a quien tanto temía y, por supuesto, obligarlo a vengarse de mí.

Pero eso sí, si estando en la cocina, o en el patio de mi madre, me sorprendía algún ruido de la casa de al lado, yo volvía a pensar: Es mentira que les haya molestado que, aquella mañana, yo hiciera sonar la alarma. Tenían miedo de que, al asomarme por sobre la medianera, hubiera descubierto *algo*. Porque se han quedado con el chalet, sí, y ahora lo han convertido en una casa operativa. Y aquí tienen a Julio López, el testigo desaparecido, el que todo el mundo busca; o desde aquí comandan las bandas de chicos de la calle que roban para ellos, y a los que luego matan, para demostrar al mundo cómo acaban con los delincuentes. Aquí se gesta todo, sí, y yo casi soy su cómplice.

Y cuando salía a la calle, entre un objeto y otro, entre una y otra persona, así como en los viejos laboratorios fotográficos uno veía surgir figuras, poco a poco, del papel en blanco bajo el líquido revelador, así, ahora, solo para mí se hacían visibles esos hombres que había creído del pasado, machos enardecidos por la gloria de haber matado, sin tener que pensar en ello... guardianes de ese orden secreto que nos rige, y que yo, más que nunca, me proponía descubrir escribiendo.

O quizá, como un condenado que se concentra en disfrutar una última voluntad, quería aprovechar ese tiempo de gracia para escribir. Porque, eso sí, estaba más seguro que nunca de que debía empezar esta novela; y no dejaba de contar la historia de aquellos asaltos a los Chagas a cuanto colega tuviera cerca —y las caras de horror de mis compañeros, que nunca habían demostrado demasiado interés en mis relatos y nunca habían elogiado en ellos más que cierta corrección de la prosa, me confirmaban que estaba trabajando en algo importante.

"Qué barrio, ¿eh?", me decían, y yo, sonriendo, confirmaba que a pocas cuadras de mi casa habían vivido, por esos años, Hebe de Bonafini y Estela de Carlotto, y hasta la presidenta de la Nación. Pero que, en cierto sentido, Tolosa me parecía un compendio del resto del país. Sonreía, sí, y mi propia diferencia me daba una sensación de poder, no tanto sobre los otros, como sobre la amenaza de mi propia memoria. No sabía todavía muy bien qué iba a escribir. Pero estaba seguro de que, en esta nueva versión, el eje no podía ser ya el antisemitismo. Lo que me interesaba, cada vez más, era el fenómeno de la repetición; y la osadía, el riesgo, el peligro de querer interrumpirla con una ley, una sentencia o hasta una simple novela. Un recuerdo me obsesionaba.

Chicago. Noviembre de 2003. Cuando la lancha turística dejó atrás la ciudad por esos canalcitos flanqueados de rascacielos y empezó a internarse en el lago, M.S., el amigo israelí con quien había convivido durante meses, me invitó a subir a cubierta, porque tenía que decirme algo. Íbamos a despedirnos pocas horas después. Se ha enamorado de mí, pensé, o quizá ha matado a alguien. Solo una confesión así parecía digna de aquel cielo empedrado de uno a otro horizonte, de aquel mar encarcelado millones de años atrás, de aquel viento atroz con presagios de nieve.

"Yo odio Israel", dijo por fin mi amigo (y no, no recuerdo haber pensado que aquel era el sitio perfecto para una cita secreta, ni que por eso M.S. me había invitado a hacer ese paseo que, con tanto frío, ningún otro turista hacía. Y no pensé, por supuesto que no, ni por un momento, en Goldenberg y Diana, aquella noche, solos en un auto en medio de la ruta, momentos antes de estrellarse. Solo recuerdo que pensé en la paradoja de que M.S. confiara en mí, en el hijo de mi padre, y me sentí orgulloso).

"Yo odio Israel", repitió. "Pensar que en esta ciudad, solamente en este barrio que acabamos de recorrer, vive mucha más gente que en todo mi país. Y pueden vivir en paz." Y no me incomodó ser incapaz de decir palabra: porque todo el silencio del mundo parecía estar escuchándolo, y habría sido indigno interrumpirlo. "Y es que es un país enfermo, Israel. No se mata por ideología, ni por patriotismo, ni siquiera por odio. Primero matás porque tu padre ha matado, y luego matás otra vez porque ya mataste. Está estudiado, todo esto, se llama adicción a la violencia: cada seis años, aproximadamente, el pueblo de Israel inventará otra guerra."

Conmovido, solo atiné a ofrecerle que viniera a la Argentina; y me dijo que no, porque aun en un país enfermo de violencia puede crecer la vida, y su vida estaba allí.

Había sido una invitación pueril, y lo sabía: ni por un momento pensé que M.S. podría venir aquí; aunque en verdad creía que la Argentina era un país distinto. Pero siete años después, ¿habría podido decirlo? Lo que mi padre había hecho aquella noche en casa de las Kuperman, ¿no lo había repetido tantas veces después —cada vez que sonaba la alarma en casa de los Chagas y él acudía solo, a los ochenta años, a sacar por la fuerza a los ladrones?

Y yo, ¿no había seguido haciendo lo mismo, cambiando el teclado de mi piano por la máquina de escribir y después por la computadora, refugiándome en el arte de mentir mientras los demás matan?

Por esos mismos días, recuerdo, leí por fin aquel Régimen Naval publicado por la ESMA para sus alumnos, y aunque no contenía las reglas de comportamiento cotidiano que tanto buscaba, un inesperado "Apéndice" de 1976 me fulminó: daba (¡a chicos de trece años!) nociones e instrucciones de Inteligencia (¡la materia que enseñaba Cavazzoni!). Era sobrecogedor hundirse en aquella especie de libreto del genocidio; pensar que todas esas "reglas para aniquilar al enemigo" habría cumplido, por ejemplo, Astiz, de veinte años por entonces, para infiltrarse entre las madres de los desaparecidos. Pero más me impresionó comprobar que el verdadero terror de los asesinos, aquel al que dedicaban más páginas, era la traición de un compañero —como si supieran que el genocidio era un secreto difícil de guardar, como si tuvieran la seguridad, en fin, de que, en algún momento, el eslabón más débil de la cadena de criminales terminaría por acusarlos. ¿Y quién podía asegurarme que ese traidor no era yo?

Así, una vez más, había dejado de lado la historia de Diana Kuperman, como si verdaderamente no tuviera que ver conmigo. Hasta que una tarde en Buenos Aires, mientras iba camino del Café Tortoni para reunirme con los otros jurados del premio "Adolfo Bioy Casares" organizado por la Municipalidad de Las Flores, entré a un locutorio para revisar no recuerdo ya qué datos, y me encontré con que el doctor Inti Pérez Aznar me había enviado a mi casilla de correo la declaración de Diana Kuperman en uno de los Juicios por la Verdad.

Era un archivo Word de unas sesenta páginas. Y me bastó leer un párrafo para entrar en el ámbito prohibido, para sentir que al fin cruzaba el umbral de la puerta rota ante el que, por alguna razón, me había detenido siempre; y no salí hasta que pude leer dos veces aquel documento. Hasta convencerme de que era verdad cierto dato impensado que me abría la puerta, por fin, a la historia y a lo más oscuro de mí.

La declaración se había llevado a cabo en la ciudad de La Plata, a principios de junio de 2005 (yo estaba entonces en Francia, calculé, olvidado de todo, cumpliendo 42 años). Casi tres décadas después de los sucesos. Diana comparece "en calidad de testigo" al Juicio por la Verdad ante la Cámara Federal que preside un juez, Leopoldo Schiffrin, secundado por dos abogados: Elías

Grossman, a quien conozco muy bien, en representación de la APDH, y una abogada representante de Abuelas de Plaza de Mayo.

Los Juicios por la Verdad que, desde que el gobierno de Kirchner abolió las leyes de perdón, empezaban a tener consecuencias concretas: represores condenados, vecinos salvajemente iluminados por la luz de las sentencias.

Me resultó fácil imaginar a Diana —la anciana escuálida de aquella única foto que habían publicado los diarios, con su melenita rubia, sus anteojos y sus hombros apretados al cuello— llegando en muletas al banquillo de testigos que no era más que una impersonal mesa de fórmica de esas que nos reciben en tantas oficinas. Imaginar que su hermana y su cuñado la habían guiado hasta allí, y que el hombre de traje le arrimó por detrás la silla, poco antes de acercarle una jarra y un vaso de agua y un micrófono que ella acaso ha visto, pero olvida muy pronto *("Eh, doctora, aquí, aquí", le dirán en un momento, porque Diana parece perdida, mirando hacia cualquier lado. "Oh perdone, doctor", se disculpa. "Yo soy un poco topo").* Fácil imaginar al público, que quizá se sonríe, complacido de su propia ternura, y a Diana, que sigue esquivando la vista de todos, escudada en su miopía. Difícil no sentir su incomodidad, su fugaz arrepentimiento de haber comparecido. Difícil no sentir ya que, con ella, estaba compareciendo yo.

Varios videos de YouTube muestran el público de aquellos juicios. En la primera fila, debajo de pancartas con consignas, las Madres, las Abuelas, los HIJOS, aquellos cuyos reclamos el gobierno había hecho suyos. Más atrás, claro, estudiosos, militantes, políticos, mirando aquel desfile desde una altura extraña, orgullosa de sí.

Todos seguros, en el fondo, de lo que van a escuchar. Todos admirados y agradecidos por el hecho de que un nuevo testigo se haya presentado a decir la verdad —aunque en el fondo crean saber de qué se trata. Todos a la vez heridos y un poco infatuados por la certeza de que nadie que no sea víctima quiere saber de esto en la ciudad.

Y detrás de ellos, cómo no, temblando, la familia de Diana, preparándose a oír lo que ella quizá nunca se ha animado a contarles; recelosos de lo que aquella ocurrencia de hacer memoria pueda aportar finalmente a una persona de casi setenta años.

¿Y su madre? No, me digo, la señora Felisa había muerto en 2004, poco antes que mi padre. Y ella bajo una lápida con una estrella de David, el otro con una bandera argentina a modo de mortaja, habían vuelto a ser vecinos, aunados como nunca en un mismo legado. Porque la gente también muere para que podamos hablar.

"¿Nombre?" "Diana Esther Kuperman." "¿Edad?" "Sesenta y nueve." "¿Domicilio?" *(y yo que había temido no encontrar nada relacionado conmigo en sus palabras, ya sentí que ese relato sabía mucho de mi historia: porque a esa dirección, que aquella mañana había buscado en guía, la había llamado por teléfono).* "¿Jura por sus creencias o promete decir la verdad?", le pregunta el juez Schiffrin. Y después de escuchar las advertencias acerca de cualquier falta a la verdad, ella dice: "Lo juro".

Y solo cuando el juez dice "sus creencias" —y Diana elige jurar, y no prometer— reparo en que no solo ella es judía, sino que también lo son Leopoldo Schiffrin y Elías Grossman. Y que si mi padre viviera no querría ni siquiera oír hablar de este juicio.

Entonces la incitan a que hable sobre "las circunstancias de su desaparición", esa experiencia que la vincula a todos como un parentesco (está claro: solo sobre esas circunstancias, no sobre los motivos por los que la desaparecieron). Y Diana comienza a hablar como quien se disculpa. "Bueno, yo era una empleada en las Empresas Graiver SA, EGASA y no fui una desaparecida estrictamente, siempre estuve aparecida. Estuve encarcelada..." *(y yo creo reconocer la negación a llamar tortura a cualquier otra cosa que no sea tormento físico, la simple culpa de haber sobrevivido).* "Yo había tenido un accidente en octubre de 1976 estando *in itinere (y yo iré al diccionario a ver si es un error de copista o existe la palabra. Existe: "(jur.) dícese de aquel viaje que se hace por trabajo"),* un accidente en razón del cual me trasladan directo al Hospital Italiano. No, perdón", se confunde Diana, "primero al hospital de Gonnet, porque eso fue en la ruta, y luego al Italiano *(y aunque yo siempre había creído que el accidente había ocurrido camino a Mar del Plata, sentí ganas de llorar: porque más allá de toda diferencia mi verdad más profunda empezaba a comprobarse).* "Bueno allí, en el Hospital Italiano", dice Diana, "me ponen custodia". "¿Personal femenino?", pregunta el juez. "Masculino", dice Diana. "¿De uniforme?" "De civil." "¿Permanente?" "¡Las veinticuatro horas, doctor!" "¿Y recuerda usted a qué repartición pertenecían?" "Brigada, decían" *(Dios mío, recuerdo yo, la Brigada a donde fui, en el '97, veinte años más tarde, a visitar a los chicos de* HIJOS, *presos durante una marcha).* "¿La Brigada de Investigaciones?", se entusiasma el juez. "Porque en ese caso podríamos identificar..." "No sé, doctor", reconoce Diana. "Decían Brigada, y yo no les pregunté más... Porque además yo estaba incomunicada, no me dejaban hablar con nadie: tan solo con mi mamá, que iba a cuidarme, de ocho de la mañana a ocho de la noche, le podía decir alguna cosita."

Ah, ¡la señora Felisa después de aquella noche! Las interminables horas de hospital, rodeada de silencio. Y a esta mujer mi padre le había roto la puerta.

"Y tengo entendido que del Hospital Italiano la llevan al hospital de la cárcel de Olmos, ¿verdad?" "Ah sí", dice Diana, "pero allí nunca tuve atención de nada. Al lado de la sala había un quirófano donde se hacían operaciones de várices, donde se atendían los partos de las presas, pero a mí jamás me tenían en cuenta". "Y dígame, ¿nunca tuvo contacto con otros detenidos durante..." "Para nada." "... durante todo el período de detención?" "Para nada." "¿Ningún tipo de contacto?" "Nunca. ¡Si parecía que yo era una leprosa!" Solo una vez, recuerda, la sacaron al patio junto con otras presas: se festejaba algo, ella cree que el Mundial de Fútbol, y la dejaron así, en un rincón, contra una tarimita, sin poder hablar, como para que nadie quedara ajeno a ese triunfo; y dice que lo recuerda porque fue el único día de todo ese tiempo en que pudo ver el sol *(y yo calculo, perplejo, que eso habrá sido durante los últimos días de prisión).* "Y era una cárcel despoblada, además", y agrega: "¿Puedo comentarles un rumor?".

"Por cierto." "Por rumores sé que el día anterior a mi llegada al Pabellón de Presas Políticas habían fusilado a doscientas presas: una venganza del señor Camps contra un atentado a no me acuerdo qué jefe de policía. Ah, y también conocí... ¿Puedo usar, doctor, las palabras que usaban?" "Por favor, doctora", dice el juez. "Bueno, conocí a una presa común que me pusieron de *sirvienta*, aunque no supiera nada de cuidados de un enfermo, ¡ni me permitieran siquiera decirle qué necesitaba! *(y a mí me sobrecoge pensar en esa relación entre la presa enferma y la presa enfermera: el silencio, el dolor, el odio que las anudaría).* Porque ni médicos ni enfermeras querían saber nada conmigo: yo para ellos era una subversiva, que es como decir, repito, una leprosa..." "Pero bueno, a ver", reclama el juez. "Tengo entendido que de allí, de la cárcel, la llevaron..." "Oh sí, bueno, un día que no recuerdo cuándo fue me llevan a un lugar que no sé dónde sería; solo sé que era un cubículo de cero por cero..." Una pausa. "¡Cero por cero! Y fue ahí donde me aplicaron picana. Pero poco ¿eh? Porque cuando quisieron seguir avanzando, digamos, en el interrogatorio, alguien llegó y dijo: 'Suspendan, ella no es montonera'."

Y yo, que no me habría atrevido a decir esta última verdad, puedo imaginar el disgusto del público. ¿Quiere sostener acaso —pensará la gente que la escucha— que no se torturaba al que no fuera guerrillero? ¿Y por eso dijo que no había estado desaparecida, porque no quiere que la confundan con los militantes revolucionarios?

"Pero a ver, doctora", reclama el juez, ya evidentemente incómodo. "Sí, doctor." "Vayamos por partes, doctora..." "Cómo no, doctor, disculpe." "¿Usted está diciendo que fue juzgada por un tribunal?" "Sí, doctor." Y el juez anuncia que existe una carpeta con información que ni Diana sabía que existía: "Yo tengo aquí, entre muchísimas otras cosas que hemos podido rescatar, las fechas en que usted compareció ante aquel tribunal *(¡Dios mío!, me digo. ¿Y si acaso nuestro miedo exageró lo incognoscible del pasado? ¿Y si todo hubiera estado allí todo el tiempo para quien se atreviera a saber?)*. Lo que no está claro es si hubo condena". "Bueno, supongo que hubo", dijo Diana, a quien imagino arrasada al fin por el torrente de emoción que se ha desencadenado en ella. "Porque si no, ¿a qué dejarme dos años en prisión? Por eso cuando se abrieron los archivos yo quise venir a ver de qué se me acusaba, y sobre todo *quién* lo había hecho *(y yo sentí crecer la extraña incomodidad del público)*, pero no encontré nada. Así que ya no sé si estuve en prisión por razones concretas o —perdonen la expresión— porque se les cantó."

"Pero perdón, doctora", le ruega el juez en un tono decididamente impaciente. "Le ruego que me ayude a ordenar lo que está diciendo. Le pido que me hable como quien va componiendo un expediente, ya que este no existe. Usted dice que fue..." "En ambulancia", se anticipa Diana, "todo el tiempo" *(y el juez intenta reencauzar su discurso pero ella ya no escucha, y de pronto ya no parece humano interrumpirla)*. "Porque yo de aquel accidente había quedado ya con esta deficiencia *(y por primera vez comprendo que está en silla de ruedas)*. No podía doblar la rodilla. Y entonces me sacan del hospital y me llevan al de Olmos y después a este lugar infecto de cero por cero, siempre en ambulancia..."

"¿En ambulancia?", interrumpe una abogada, a quien sin duda ese dato aporta una nueva línea de investigación. "Claro, yo no podía caminar." "Y en silla de ruedas", trata de precisar la misma doctora. "No, no", dice Diana. "Nada de silla: upa. Siempre vendada, y en camisón y salto. Con ese mismo deshabillé con que había entrado al Hospital Italiano. Casi dos años así. Casi dos años."

Yo TENÍA que dejar de leer, cada tanto, en aquel locutorio. Hacía rato que había debido levantarme y correrme de una vez al Café Tortoni, donde mis compañeros ya estarían preocupándose por mí.

De entre toda esa maraña de hechos, una imagen me imantaba con la fuerza inconfundible de la poesía: una mujer de ojos vendados en bata y camisón, llevada de aquí para allá por la noche del mundo. Oyéndola.

En la caja, la dueña del locutorio charlaba ostentosamente con una chica que atendía el mostrador de lotería —y hablaba contra la presidenta de la Nación, por supuesto. Aseguraba que pronto, en la próxima elección, volvería a ganar; y la dueña explicaba que el pueblo estaba "embrujado por la demagogia" y "enloquecido por todo eso de los desaparecidos". Yo no sé desatender charlas así, pero era estimulante sentirse, por una vez, parte del pueblo, aunque fuera en la locura. Y yo volví a leer aquel relato raro y confuso, sí, como mis propios recuerdos, como mis pobres intentos de contarlos.

Ahora me explicaba por qué habían naufragado los periodistas en el intento de resumir aquella declaración:

porque no había en ella ninguna secuencia reconocible: ninguna escena de aquellas que describe el *Nunca más*, y sobre todo porque lucía el inconfundible desorden de la memoria antes de que nos hayamos atrevido a hacerla relato.

Concluidas las preguntas del juez, los otros abogados prosiguen el interrogatorio enfocando uno u otro detalle, según sus intereses. La representante de Abuelas de Plaza de Mayo le pide que describa el quirófano. ("No sé", denuncia ella, "a mí no me atendían"), y que nombre a los médicos que recuerde. Un tal doctor Di Mena, un doctor Cigotti, y por fin, oh sí, una doctora Delgadillo, que "era amorosa", dice Diana, granjeándose, imagino, la desconfianza del auditorio *(porque yo jamás me habría atrevido a llamar "amorosa" a una médica del servicio penitenciario),* "de la que lamentablemente supe después que está desaparecida". E inquirida sobre la doctora, Diana dice que no, que nunca pudo hablar con ella ni con nadie: que la doctora Delgadillo les hablaba a todas en general, y que les había contado del parto de dos mellizos, y días después, que "se los habían llevado". "¿Sabía usted, doctora", le pregunta la abogada de Abuelas, "que esa médica y su marido están desaparecidos por haber denunciado la desaparición de dos mellizos ante monseñor Plaza?". Y Diana dice que no, y el juez le comenta que este es un gran aporte por lo menos a dos causas, y Diana se congratula. "Pero perdón, doctora", insiste el juez: "Respecto del resto de la gente del Grupo Graiver que estuvo presa...". "Ah, no sé...", concluye Diana. "¿No sabe?" "No" *(y otro silencio acusador se siente en la entrelínea. Porque ella, se supone, al menos debería fingir interés por aquello que les pasó a los otros).* "Pero sabrá usted al menos que fueron torturados salvajemente...” “Ah sí, eso sí”, improvisa. “Pero solamente por lo que leí en los diarios.” “En los diarios.” “Sí, y por conocidos... porque usted sabe que nosotros somos un reducto muy chico... *(y a quién se habrá referido, pienso, con ese “nosotros”)*. Una vez, en Tribunales, coincidí con el doctor Garriga, que era mi asistente... Pero no, no me atreví a preguntar nada. Ni él tampoco a mí. Pero la verdad, doctor, es que desde que salí de prisión yo quise empezar de nuevo. Me puse una pantalla. Solo así pude rehacer mi vida.”

Y eso es lo que todos odian, me dije: preferir el olvido. Pero en el año ‘78, ¿qué otra cosa podía hacer? Empeñarse en olvidar hasta olvidar incluso que había olvidado; olvidar que los torturadores, en cambio, no la olvidan, y que ese lugar de cero por cero sigue allí, tragando gente.

Hasta que por fin le toca el turno a Grossman, Elías Grossman, representante de la APDH. Conozco bien a Grossman, padre de dos artistas, dirigente del PC. Por él yo me afilié al PC en el ‘82. Recuerdo su casa parecida a la de Diana, a pocas casas de la nuestra. ¿Y cómo podrían no conocerse? Si no fue en el colegio o en alguna reunión de la colectividad, una casamentera les habrá hecho en su momento reparar a uno en el otro.

“Doctora”, dice Grossman, con un aire indefinible de justiciero o vengador: “¿Podría al menos enumerar quiénes trabajaban con usted en Calle 5, creo que era, no?”. “No”, dice ella. “En Calle 5 de aquí, de La Plata, estaba la inmobiliaria del padre de David. Yo trabajaba en Buenos Aires, en la calle Suipacha, donde estaba la sede de las Empresas Graiver, EGASA.”

"De acuerdo, entonces. ¿Podría enumerar igualmente al resto de sus compañeros?" "Bueno, estaba Lidia Papaleo, estaba la de Fanjul..., que no tengo idea de si fue torturada o no. Estaba el doctor Garriga, que era mi asistente; estaba don Juan..." "¿Don Juan Graiver?" "Don Juan Graiver, sí." "El padre de David." "Sí", dice Diana. "Pero David ya había muerto *(una pausa).* No sé si le he respondido", dice. "No del todo", aclara Grossman *(y yo creo escuchar un silencio perplejo, y en medio de ese silencio la risa apenas contenida de los milicos que, cómo no, también están en la sala. Una exiliada en Francia me contó una vez cómo los habían torturado, en el penal de Rawson, a ella y a su marido. "Péguense", les decía el atormentador. "Siempre será mejor que si les pego yo. Y de paso, descanso. Y de paso, me divierto.")* "Le pregunto, doctora", insiste Grossman, "porque sé que allí también trabajaba un abogado, la mano derecha de David Graiver y que...". "El doctor Jaime Goldenberg, sí", interrumpe Diana, cortante. "Bueno, yo lo sé todo de él..." "¿Qué es lo que sabe?"

"Todo", admite sorprendentemente Diana. "Yo fui su secretaria. No en EGASA. En su casa, en su estudio. Toda la vida."

¡Toda la vida!, recordé. "Agradeceré tutta la mia vita", *escribe Natalia Ginzburg, "a ese hombre que me salvó, a mí y a mi familia, de los nazis".*

"Gracias, señor juez", concluye Grossman de pronto, como si al hacer aparecer a Goldenberg diera por cumplida una misión misteriosa. Pero Diana, una vez más, no advierte que él ha terminado.

"Y sigo siendo amiga de su mujer y sus hijas..."

"¿Alguna pregunta más?", incita el juez.

Y otro abogado pretende retomar: "En cuanto a fechas...".

"En cuanto a fechas", se apresura Diana con una precisión conmovedora, única en su gran confusión, "sé que el doctor Goldenberg murió el 4 de abril de 1977. A causa de las torturas que le infligió el señor Camps. En un breve ínterin en que yo volví, del Hospital Italiano, a mi casa...".

Y ESO FUE lo que me impresionó, lo que rasgó de una sola cuchillada las paredes de aquella célula familiar a que se restringía mi memoria, y me hizo saltar de la silla de aquel locutorio y me echó a andar de nuevo por la Avenida de Mayo, como por un mundo que ya no rcconocía.

Pero cómo, me decía, ¿entonces volvió a casa, Diana Kuperman, en abril de 1977? Después de aquella noche en que vinieron a buscarla, después del accidente, ¿volvió a estar entre nosotros?

¡Pero claro, sí que la recuerdo, volviendo del Hospital Italiano, y bajando del taxi!

¡Por eso mismo hacía un momento no me había costado imaginarla llegando ante el estrado, temblorosa y apuntalada en las muletas que usaba por entonces, no en su silla de ruedas, secundada por su hermana que la adora!

¡Pero qué miedo, qué intolerable terror recordar, o imaginar al menos, cómo nos comportamos mi padre, mi madre y yo después de aquella noche!

Arrancar a Diana de su condición de desaparecida y devolverla a su barrio, entre esos vecinos, tanto menos inocentes ellos también, que apenas seis meses antes... tanto más enrarecidos por su propia experiencia de la matanza... Pero, ¿qué otra cosa podía yo hacer?

Se había rasgado el átomo de mi recuerdo, la cuchilla de la historia había separado sus elementos liberando en mí su fuerza letal; y si quería salvarme sólo me quedaba velar por que ese caos se organizara con una forma nueva, medianamente armónica, en un relato nuevo.

Si me hubieran llamado a declarar, me había dicho. Y esa declaración de Diana, de alguna manera, me lo pedía.

P

1977

—Ahí volvió la chica de Kuperman —anuncio a una cocina en donde mi madre prepara el almuerzo y mi padre espera, impaciente, mirando la TV: quiere imponer a la tierra los horarios de a bordo, ese almuerzo de las once que comió durante años, pero yo llego del colegio recién a las doce y media; y mi madre no quiere servir dos veces, y él siente que ya no quiere servirlo, o que no quiere servir si no estoy yo.

Acabo de verla a Diana, oh sí, bajando de un taxi, apoyada en muletas, secundada por su hermana, vigilada, como rescatada por una madre que la adora. No han visto que yo estaba allí, sentado al piano, pero quizá al doblar la esquina me oyeron tocar "Pejerrey con papas" y fue como una bienvenida.

Involuntaria, claro. No he querido que me vean.

—Están entrando en la casa —detallo, no para mi padre, que no mueve un músculo, como si no hubiera oído, sino para mi madre que tarda en comprender y cuando al fin lo hace —Dios mío, no hemos hablado nunca, hasta ahora, de aquella noche— suspira:

—Bueno, ¡gracias a Dios! —y vuelve a su trabajo: su actitud es tratar de comprender a "uno y otro lado", sin ninguna exacerbación.

Mi padre no dice nada aunque no puede estar tan enfrascado en la TV, que a esa hora emite tan solo dibujitos, o alguna de esas propagandas larguísimas, infinitamente repetidas, contra la subversión. Pero tengo la certeza de que, aunque no hablamos, pensamos constantemente en lo mismo.

Habíamos olvidado que Diana podía volver. Que haya vuelto nos descoloca.

Yo tiemblo. Me siento, en silencio, ante el plato vacío.

¿Por qué hui de que me vieran, al bajar del taxi? ¿Y habrán visto que hui? Cosas así se esperan, acaso, de un vecino, después de tanta cosa como se ha dicho de los Graiver. Yo no querría que pensaran eso de mí.

La noche en que vinieron a buscarla parece de hace siglos. Y sin embargo, cómo amarga todavía su recuerdo, las pesadillas que tuve después, toda la noche, y que, aunque no pude nunca recordar, juraría que aún siguen su curso en algún lugar de mi cabeza…

—Después voy a ir a verlas —dice de pronto mi madre, apagando el horno y agarrando la pírex por sus asas.

Pero no, por Dios, ¿qué dice? ¿Recuerda, como yo, la cara de la señora Felisa y de Ruth, al volver aquella noche? ¿Siente culpa por todo lo que aquel tipo la obligó a hacer? ¿Le reprocha a mi padre que no la haya defendido?

—Pobre doña Felisa —insiste, como si quisiera desafiar a mi padre que, sin embargo, no se mueve.

¡Pero es que no comprende el peligro que corre! ¡Y todo por mi culpa! ¡Claro, aún apuesta a enseñarle…! Confía en poder hacerlo, porque ella piensa y él no. Pero como no lo ha visto, esa noche, como yo lo vi, ignora que mi padre se ha negado a pensar porque ya otros pensaron por él y es pensamiento encarnado. ¡Y lo que aprendió en la ESMA no lo borrará nadie!

Yo tiemblo y trato, como siempre, de desviar el tema.

—Mamá, necesito dinero para comprarme un libro —porque sé que es por mí, también, que ella pretende cambiarlo. "Pero no te preocupes", le diría yo. "Ya no vale la pena discutir por las Kuperman. Encontré otro camino..."

Pero mi padre —que no aparta los ojos de la TV ni dice nada—, estoy seguro, no recuerda. El premio a su conducta de aquella noche ha sido seguir viviendo en un presente eterno.

¿Qué lo distrae? ¿Estará lamentando que vuelva a vivir al lado, la judía? ¿Estará recaudando del fondo de sí mismo el odio necesario para seguir enfrentándolas?

Hasta que al fin algo sucede. Mi madre, dejando la fuente sobre la mesa, lo llama.

—¡Pero papá, por favor!

Y al principio él no responde. No se inmuta. Su espalda se comba apenas, parecida a la cúpula de un templo. Y cuando yo, temblando, insisto —mi madre no era digna de hablarle, eso pasaba—, por fin contesta.

—¿Qué mierda querés? —y ya comprendo.

Cumple con una orden que esa noche le dieron: acechar nuestra compasión. Vigilar la osadía de apiadarnos de Diana. Controlar las entradas del templo del secreto.

Darnos miedo.

PERO AHORA Diana está de nuevo aquí, pared por medio, en su casa, al fin, reaparecida. [...] La señora Felisa, acaso, se hace alguna ilusión de haberla salvado.

Liberadas por fin del cuarto de hospital y del guardia de Brigada que estaba siempre allí, imponiendo silencio, en el taxi no veía el momento de quedar a solas para hablar con su hija. [...] Y de pronto comprende que no le dirá nada, ni de las amenazas telefónicas, ni de aquella señora que se cruzó en el banco cuando iba a cobrar la pensión de don Aarón y le dijo: "Señora, no se le ocurra sacar nada de la caja de Diana". [...] Al fin y al cabo, ¿qué sabe de política una mujer como ella? Al fin y al cabo también ella ha estado, en esos meses de hospital, *incomunicada*, sin apenas leer los diarios, sin ver televisión, pasando de largo frente a los vecinos curiosos que ella podría comprometer o bien podrían comprometerla. [...] ¿O por qué otra cosa podría haber estado llorando, en la vereda, rodeada de vecinos, ayer, la señora de Aragón, cuando ella pasó para las compras? [...] Ahora su deber de madre es recrearle el mundo tan irreal como ese mismo chalet en que la crió en Tolosa, la casa en que no se habla ni el español ni el idish sino ese idioma aparte que, treinta años después, ella usará en el juicio para todo aquello a lo que no se aplique un vocabulario legal: *solita, upa, uniquita.*

Casa 7. 30 de marzo de 1977. Familia Aragón. Secuestran a Martín, el menor de los hijos, estudiante de Medicina. No se le conoce militancia. Todos creemos que se trata de un error. Pero ya nadie cree que, por error, no se asesine.

Pero la señora Felisa de noche se desploma de cansancio en la cama y Diana, cuando los tiroteos la despiertan, ya no puede dormirse, y vuelve a estar en el mundo. [...] Se lo han hecho entender: si la han dejado volver es porque su cuerpo es una cárcel. Y por lo demás, ahora que lo piensa, hay guardianes en todos lados, hasta los vecinos se han vuelto sus guardianes. [...] Y bastará que algo se ajuste, que alguien se decida, y volverán por ella. [...] Y ya es un tormento toda esta incertidumbre, las preguntas que se hace una vez y otra vez. Algo la obsesiona: no recordar aquella noche, la noche del accidente. ¿Qué pasó? Una negrura atroz cubre esos diez minutos. ¿Qué quería decirle Goldenberg, esa noche? ¿O alcanzó a decirle algo, y ella no lo recuerda? [...] ¡Y no haber podido hablarle esos días en que también él estaba allí, a pocos metros, en otra habitación del hospital! ¡Y no poder hablarle ahora! [...] ¡Si al menos la ayudara a conseguir otro trabajo! Porque, ¿de qué vivirá de ahora en adelante? ¿Y qué será de esta casa, cómo la mantendrán? El sueldo de Ruth en la Escuela de Estética, la pensión de la madre, no alcanzan. [...] "¡No me maten, hijos de puta!", escucha una noche, justo bajo su ventana, y una ráfaga acaba con un muchacho que corre. [...] Cuando ella enciende el velador, descubre a su hermana Ruth en su cuarto, revolviendo el cajón de la cómoda. Sin preguntarse nada, se toman de la mano y rompen a llorar. Sabe qué estaba buscando, inútilmente, Ruth: el pasaporte.

Casa 9. Familia Bazán. 31 de marzo. Secuestran a María Laura Grados, de su casa en Ensenada; 3 de abril: secuestran a Atilio Martínez, de la base naval de Punta Alta, en donde cumplía el servicio militar, ante la vista de otros conscriptos. Ambos son estudiantes de

Antropología Cultural, en el Museo de La Plata, e integrantes del grupo que estudiaba en mi casa, en la planta alta, con mi prima.

Hasta que un día, claro, el 4 de abril de 1977, el diario *El Día*, que no pueden impedirle leer, trae por fin la noticia: Jaime Goldenberg ha muerto. Dos avisos apenas para un hombre tan conocido; dos avisos privados de la estrella de David y del signo de la cruz. [...] Ningún dato sobre la causa de la muerte se trasluce en la enumeración escueta de los pocos deudos que se animan a mostrar públicamente su dolor. Pero Diana compone la secuencia: Goldenberg ha muerto *porque* estaba en la prisión. [...] Y no pueden impedirle llamar por teléfono a la mujer, y hasta sería sospechoso que no lo hiciera, y lo hace, en un imprevisto gesto de desafío. "Su corazón le falló", le dicen, sobre el abismo del silencio de una línea telefónica intervenida, pero con fulminante síntesis. "¡Tenía siete operaciones...!" [...] ¡Siete operaciones! [...] Y entonces, como si la esperanza de volver a hablar con Goldenberg cuando se restableciera hubiera sido lo único que la sostenía, como si en tantos años que ha pasado con él hubiera madurado una identidad parecida al ADN, algo se quiebra también en ella. [...] Grita, y acuden su madre y su hermana, y la desesperación de verla así es tan grande que llaman a Misha Feldman y violan la prohibición de moverse de casa. Y llegan al hospital en el auto del amigo perseguidas por una partida de policía que, sin embargo, no puede impedirle que se interne. [...] La operación es exitosa. Le reimplantan la placa que se acaba de romper. [...] Pero cuando la señora Felisa, al alba, vuelve a casa, se encuentra con Ruth, demudada. "Mamá, ha hablado Videla, por Cadena Nacional", dice, obligándola a sentarse en el sillоncito del recibidor. "Ha acusado a los Graiver de financiar la subversión." Y al día siguiente, cuando vuelven al hospital, Diana ya no está.

CASA 9. Familia Bazán. 5 de abril de 1977. ¿Y si fue entonces? Entre los pocos detalles que yo recordaba claramente, solo uno no encajaba en ninguna de mis versiones: la pieza que había tocado para la patota: "Pejerrey con papas", una milonga anónima que figura en El compadrito, *libro de Borges y Silvina Bullrich que compré y les hice firmar en marzo de 1977 —12 de marzo de 1977, según reza la firma de la escritora— en aquella Feria del Libro de Buenos Aires donde concebí la pasión por la literatura. Pero, ¿si ese recuerdo fuera el correcto?*

Estoy tocando "Pejerrey con papas", supongamos, cuando oigo que las Kuperman salen a la vereda. Agitadas, nerviosas, hacia el auto en que Misha Feldman las espera mirando para todos lados. Llevan a Diana en un grito, sentada en una silla, la tienden con trabajo en el asiento de atrás. Y tan pronto se van y vuelvo a tocar el piano, veo por la ventana que llega un Torino amarillo y un tipo de gabán toca el timbre de casa.

Cavazzoni, desde enfrente, casi dirige todo: ha sido él o su custodia quien avisó que las judías intentan escaparse. ¿Y qué quieren en casa? Un ruido o una luz les ha hecho sospechar que alguien permanece dentro del chalet, quizá no Goldenberg exactamente, pero sí alguien a quien puedan torturar o tomar de rehén. "Acompáñeme al fondo", le dicen a mi padre que llega de su cuarto. Y acata de inmediato, sin preguntarles nada. La confianza que la Marina tiene en él se paga con confianza. Confianza en que ellos saben. Que aun lo que él ignora, lo que nunca ha imaginado siquiera que podría hacer, será, en esencia, bueno.

"Papá", estoy por llamarlo, pero sé que no me oye y que si oyera, no me respondería. La gente así, en acción, solo reacciona si uno les habla a todos.

"Y usted, venga conmigo", le dice el Jefe a mi madre, que obedece, y lo sigue a la vereda.

Yo me quedo sentado al piano junto a un tipo que tiene pocos años más que yo, una Itaka y un largo sobretodo beige. Su belleza me cohíbe y me pongo a tocar. ¿Para hacer ver que no soy un negro como mi padre, que no puedo, y no debo, prestar esos servicios? ¿Para fingir que ignoro que estamos en peligro? ¿Para gustar a todos con esa milonguita que habla de compadritos al servicio de un jefe? "¡Leo!", me interrumpe mi padre, desde el fondo de la casa. Y yo voy hacia el patio y descubro que han puesto contra la medianera aquella escalerita que él mismo fabricó. "Tenemelá", dice, señalando a la perra, que ladra desaforadamente contra los invasores que arrancan unas ramas.

La tomo entre mis brazos, subo al balcón de la planta alta para encerrarla allí, y desde ese balcón veo que todos han pasado al patio de las Kuperman, y que mi padre empieza a patear la puerta de la cocina. Transformado en otro: en ese que yo siempre evité que se volviera, distrayéndolo. Algo se me hace claro: le han dicho un secreto sobre Diana, se lo han dicho: un delito feroz que Diana ha cometido y que él cree necesario y justo que ella pague.

Pero, ¿y si en verdad hay alguien adentro? Dios mío, me digo. Solo si se los llevan a todos me salvaré de la culpa, de la vergüenza.

Vuelvo a la planta baja, me quedo junto al piano, por la ventana veo a mi madre en la vereda. "Sí, conocí a Jaime Goldenberg", dice aplicadamente. Y le tiembla la voz: quiere que todo acabe, que seamos los mismos, que nosotros nos salvemos. "No, desde aquel accidente ya nadie las visita. Sé quiénes venían antes..."

"¡No digas nombres!", quisiera decirle, y en cuanto el tipo se distrae me deslizo hasta allí y se lo digo. "Así será más rápido. De otro modo tendrás que explicar cómo sabés."

No, así no sucedió. Pero pudo haber sido. Necesito pensarlo. Después de todo, es solo cuestión de tiempo. De que nos convoque, meses antes, meses después, la Maquinaria. Dentro de diez días, diez meses, diez años, qué importa. Cuando uno está a su servicio, se une a la Eternidad.

Y lo cierto es que la han sacado a la noche del Hospital Italiano, vendada, a upa, la han subido a una ambulancia, la han sacado de allí, y con la venda aún puesta va conociendo la cárcel por dentro: los pasillos, las puertas de rejas que se entrechocan, y el olor, ese olor. [...] *("Podría reconocer la cárcel solo por el olor, eso sí, porque aún va conmigo: eso es casi lo único que podría reconocer.")* [...] Llega a una sala vacía, a un extraño silencio en medio del escándalo incesante de la cárcel de noche. Y le quitan la venda, y es una enfermería, sí, con seis camas, y ella le pregunta a una mujer de uniforme *("Había dos celadoras, tremendas, las Mendoza: me odiaban")*: "¿Quién es el médico a cargo?". *("Porque yo tenía que aprender a caminar, doctor").* "¡Silencio!", le gritan. "¡Silencio!" [...] Y en horas infinitas en que nadie le habla ni ella puede hablar, confirma que su tortura será sobrevivir como pueda;

y su castigo, quizá, quedar inválida. [...] A una cama vecina llega una parturienta y luego una chica increíblemente lastimada. Alguien —quizá ella misma— le acerca un vaso con agua. "No puedo", dice. "Me pasaron corriente." La menor de las Mendoza gatilla un arma. "¿Qué te pasaron a vos?", pregunta. "Nada", se retracta la presa. "No me pasaron nada."

Casa 5. Planta baja. 1 de junio. Familia Berenguer. Un tal doctor Colombres y su mujer alquilan el pequeño departamento de la planta baja. Cavazzoni se asombra. Berenguer cumple en informarle que, en lo que va del año, dos de los hijos de Colombres han desaparecido, y que él ha debido vender su casa en el centro de la ciudad, después de que fuerzas policiales la allanaran en busca de un tercero y, a modo de advertencia y represalia, intentaran incendiarla.

("Porque yo estaba tan mal anímicamente, doctor, es tan terrible no saber por qué...") [...] Y es un tiempo sin tiempo, en que aun las cosas tremendas se vuelven recurrentes; terminan por girar como planetas en torno de su cama. [...] Un día, a una de las Mendoza se le escapa una infidencia: "Vos mejor andá pensando qué vas a declarar." [...] Y desde entonces solo existen el dolor y las preguntas. [...] ¿Por qué? ¿Por qué? ¿Por qué? [...] Si le tiraron el auto encima, si quisieron matarla y ahora impiden que se muera, es solo para que no se pierda con ella lo que suponen que sabe. [...] Hasta que un día una revelación la incorpora en la cama: lo que quieren saber de ella es lo mismo que aquella noche quería decirle Goldenberg. ¿Y cómo se hace, por Dios, para demostrar que uno no sabe? [...]

Ah, si al menos supiera que su madre ha logrado averiguar dónde está ella y descansar, al menos por un día, dormirse como antes mientras escucha que al lado suena la música de un piano.

Casa 9. Familia Bazán. 8 de junio. Pero no, yo ya no toco el piano. Ni me acuerdo de Diana. Esta noche en que cumplo catorce años la paso escribiendo —mientras los demás duermen— en el borde del sueño.

Escribo con el libro de Borges que pedí que me regalaran. La moneda de hierro. *El libro que comienza:* "Qué no daría yo por la memoria…", *y tiene un poema dedicado a Herman Melville y otro a sus antepasados militares. El libro que reflexiona, largamente, sobre el mundo del sueño.*

Como si quisiera salvarme de ese mundo. Comprendiéndolo.

Y una noche, de pronto, las hermanas Mendoza le dicen a alguien que entra: "Aquí la tienen lista". Y a ella, por lo bajo, le dicen: "Despertate, turra. Te llegó la hora".

Q

2010

Si hubiera tenido que ir a declarar; si en torno de mí se hubiera armado esa situación que prefieren los escritores de novelas policiales: el interrogatorio. Si los vecinos, por ejemplo, me hubieran denunciado a raíz de los gritos que oyeron en mi casa al alba del día 31, ¿cómo habría podido explicar que, en los días previos, no se me quitaba la sonrisa de la cara? En mi cuaderno anoté: "Nunca fui más feliz en mi vida; o mejor dicho: nunca estuve tan cerca de tener una vida". Es el momento, dice Marguerite Duras, en que todo parece escribir con nosotros; miramos al mundo con una sola pregunta, y cada cosa que vemos nos parece una respuesta.

Diana no había respondido a mi carta: ¿pero no era el silencio, su principal mensaje, el legado de un vacío que tenía que llenar? El caso Papel Prensa se había trabado previsiblemente en Tribunales pero seguía ocupando espacio en los medios, y muchos periodistas parecían investigar para mí. Abría una revista en la peluquería, veía una foto del torturador de Lidia Papaleo compareciendo a juicio y creía reconocer a aquel tipo que había llamado el Jefe. Miraba la televisión mientras corría en la cinta del gimnasio, y en la TV Pública veía la foto inédita del cadáver de Jaime Goldenberg en la camilla de la morgue, extraída de un expediente falso, pergeñado por Camps para hacer pasar por muerte natural su asesinato. Y un día, por casualidad, mientras esperaba un avión en Aeroparque, creyendo ver a lo lejos a un compañero de facultad, me encontré en realidad con su hijo, un historiador que, como yo, viajaba a Catamarca a dar un curso.

Iair acababa de doctorarse con una tesis sobre el comportamiento de la colectividad judía en la Argentina durante la dictadura; enseguida empezó a explicarme sus hipótesis, y ya fue conmovedor intuir que no solo una misma pasión, sino también una misma fuerza indefinible, ajena a nosotros, nos había elegido para revelarse. Y cuando llegó mi turno de explicarle qué estaba escribiendo —mientras nos alejábamos a la vez de La Plata y del presente—, Iair empezó a interrumpirme. ¡Ah, don Juan Graiver, el padre de David, que había presidido la Asociación Mutual Israelita de La Plata, ¿de qué le sirvió después, cuando lo desaparecieron? ¡Pero claro!, Jaime Goldenberg, además de abogado había sido el alma del centro cultural de izquierda Max Nordau, donde el mismo Iair había aprendido teatro. ¿Simón Feldman? ¡Pero claro!, el hijo de Misha Feldman, el gran actor —seguramente por él las Kuperman me habían llevado al teatro. Y no, no conocía a las Kuperman, aunque de acuerdo con lo que yo describía, era obvio que pertenecían a un grupo progresista de izquierda.

Pero no era una mera cuestión de datos. Liberados del yugo de su fin horroroso, mis personajes parecían vecinos como cualquiera, sobre los que el resto de la ciudad había ido preparando, inconscientemente o no, una trampa. Y la propia colectividad judía parecía replicar cada uno de los comportamientos que yo había observado en mi cuadra.

Quedamos en vernos cuando regresáramos del viaje para que me pasara un libro que yo hasta entonces había menospreciado, aquel en que Jacobo Timerman cuenta su cautiverio: pasé en vela toda una noche, atrapado por la lectura del diálogo silencioso de un ojo con otro, de mirilla a mirilla de dos celdas enfrentadas, o esa otra escena en que un jefe de policía le propone a un preso homosexual que, si se deja coger, morigerará la pena. (Dios mío, me decía, ¿y si la propuesta que me había hecho aquel compañero mío, cuando yo todavía no me atrevía a pensar que fuera gay, no había sido una maldad espontánea sino algo que su padre, al volver de los campos, le explicó que podía hacer cada vez que se encontrara con alguien como yo?)

Pero nada me importó tanto como los dos libros en los que el general Camps intentó refutar esas denuncias de Timerman —y defenestrar a los Graiver. Si alguna vez me había preguntado sobre su antisemitismo, en Wikipedia encontré que su sueño había sido un "juicio en masa" a los judíos; y en verdad, aquel proceso a los Graiver parecía su prueba piloto. Y entre las declaraciones de todas aquellas personas —obtenidas después de repetir, según recordaba Timerman, "de lo que diga ahora depende su vida", pero trascriptas como amables conversaciones—, encontré la declaración que hasta ahora parecía imposible de encontrar, de imaginar.

No podía perder tiempo. Aunque no eran todavía las siete de la mañana llamé a Miki —que estaba preparándose para llevar a su hijo a la escuela— y le dije que necesitaba verlo cuanto antes. Y cuando recuerdo la alegría de mi voz en el teléfono, y el entusiasmo con que empecé a hablarle sin orden ni datos concretos, comprendo que si apenas unos días después también a Miki lo hubieran llamado a declarar sobre mí, habría dicho que, aun siendo abogado, en ningún momento sospechó que fuera a pedirle ayuda, ni que yo corriera peligro alguno.

Como cerrando un ciclo, nos citamos en el bar del hostel donde, por primera vez, yo le había hablado de Diana Kuperman. Y fue él quien sacó el tema de la novela. Le dije que al fin había creído encontrar una forma: pegar, simplemente, las "declaraciones" de los personajes de mi cuadra, hasta componer el friso que un juez habría debido considerar llegado el momento de impartir penas. Dejando que toda la oscuridad de esa época, todo aquello que no podíamos decir ni concebir, se colara por las junturas. E incluyendo, como un testimonio más, mi propia memoria

—¿Y cómo te va? —preguntó Miki.

—¿Conmigo? Más o menos —admití, sonriendo—. ¿Cómo imaginar lo que un chico así podría haber declarado, si no había palabras para entender lo que vivía, empezando por "desaparecido" y "campo de concentración"? Además no soy juez, ni fiscal, ni siquiera comisario: no tengo el arte que se supone que esas personas adquieren, por estudio y experiencia. Y ni siquiera es lo mismo preguntarle a un chico que a la propia memoria.

—¿Y los otros? —pregunta Miki, sonriendo, quizá recordando aquella breve confesión acerca de lo que me costaba hablar sobre mi padre—. ¿Te dan el mismo trabajo?

—Claro que no —sonreí desafiante, como diciendo: "No te metas con mi viejo"—. Porque esos interrogatorios ya otros los hicieron por mí.

No, no era un buen chiste para el hijo de un militante asesinado por la Marina, pero Miki estaba acostumbrado a hacer del humor una puerta para entrar en zonas oscuras. Como fuera, Miki lo pasó por alto cuando le dije que entre aquellas declaraciones que Camps reunía en su libro, había hallado, por fin, la declaración de Diana Kuperman.

Miki me miró con expresión de escándalo.

—Oh, por supuesto —aclaré, un poco avergonzado—, nunca habría dado crédito a un libro escrito por un torturador. Pero Diana ahí, ante Camps, dice algo que yo sabía. Un dato —aclaro, como persiguiendo los ojos de Miki, que no sé por qué desvía la vista— que yo había esperado ansiosamente todos estos meses que alguien mencionara, y que todavía no sé por qué nadie contó. Ni Diana en su declaración en el Juicio por la Verdad, ni la viuda de Graiver en aquel programa televisivo, ni siquiera Gasparini en su biografía detalladísima de David Graiver.

Miki vuelve a mirarme fijo, con la seria sospecha, lo sé, de que deliro. Y yo hago una pausa, para destacar lo que viene.

—Ante Camps, Diana Kuperman dijo que en el momento en que sufrió el accidente, el 19 de octubre de 1976 —sonreí, como si haber logrado precisar la fecha hubiera sido una gran conquista—, ella no iba sola en su auto. Que Jaime Goldenberg iba con ella, en el asiento del acompañante. Días antes de que Lidia Papaleo, aterrada de que ella o su hija fueran las próximas víctimas, se decidiera por fin a vender Papel Prensa —Miki todavía no imagina adónde voy, pero —quizá por lo sugestivo de esa escena de fuga— ni dice palabra, ni me quita la vista de encima.

—Esta es mi hipótesis, Miki —digo—. Escuchame bien.

—Los libros de Camps reproducen la carta en la que el almirante Massera, "en nombre de toda la Armada", lo felicita por el modo en que llevaba adelante la investigación sobre el caso Graiver. Muy bien, hay pruebas concretas de que Massera había puesto sus ojos en la fortuna de los Graiver mucho tiempo antes: por lo menos desde mediados de 1976, cuando por lo demás ya había empezado a rivalizar en todo con el ejército —Miki asiente: sabe bastante del tema, por la ocupación de su madre en la ESMA—, y habría secuestrado mucho antes a toda la familia Graiver. Sin embargo debía esperar a que se decidieran a firmar la venta de Papel Prensa, la fábrica de papel que aseguraría a la Junta el control directo de todos los diarios del país. Hasta que un día alguien —quizá un informante como mi vecino, quizá un montonero torturado en la ESMA— le hace reparar en Jaime Goldenberg, que acaba de renunciar a la dirección de las Empresas Graiver, abrumado por la muerte de David... poniéndose así en una situación de increíble indefensión.

Nunca he escrito ni mucho menos hablado con alguien sobre estas hipótesis, surgidas entre tanto otro delirio descartado. Y por un momento, de solo escucharme me da taquicardia: me impresiona la cantidad de elementos de mi historia que pueden reunirse en ese operativo de la Marina: Massera, Cavazzoni, mi padre. Yo.

—Pasó así —digo—: el 18 de octubre de 1976, varios grupos de tareas de la ESMA salen rumbo a La Plata, a la caza de Goldenberg. Uno de ellos llega a la casa de su secretaria de toda la vida, Diana Kuperman. La encuentra a oscuras, pero algo les dice que pueden estar adentro y deciden entrar por los fondos, o sea, desde mi casa. En medio del operativo —que presenciamos mi padre, mi madre y yo— un llamado por transmisor les avisa que Goldenberg y Diana han sido localizados. Solo que no podrán llevarlos a la ESMA: al ser interceptados en la ruta a Buenos Aires, el auto de Diana se estrelló, quedando los dos tan mal que ya no pudieron impedir la intervención de la policía provincial, que los trasladó al hospital de urgencias en ruta, es decir, al hospital de Gonnet. Porque además, claro, la orden era capturarlos *vivos*.

Así es como Diana y su jefe quedan a expensas de Camps, y como Camps —alertado por el interés de Massera, por su osadía de meterse en su coto de caza— fija sus ojos en Goldenberg y Diana. Les pone guardia estricta en el hospital, los incomunica; en fin, los arresta. Y tan pronto a Goldenberg le dan el alta —mucho antes que a Diana, aunque él, diez años mayor, ha quedado quizá mucho más frágil de salud después del accidente— Camps, según relata en su libro, empieza a "visitar" a Goldenberg en su departamento.

—Claro —ironiza Miki, a quien todo lo que vengo contando parece provocarle una insoportable impaciencia—. Como si no tuviera otras cosas que hacer que andar de visita…

—Pero imaginate esas visitas —le digo—. Imaginate la bestia de Camps, infatuada porque monseñor Plaza lo considera un cruzado y le ha dado vía libre para arrasar con los bienes de los judíos que, sin duda, se originan en esa trinidad demoníaca: sionismo, marxismo, terrorismo; y a la vez furioso porque, tan pronto Goldenberg se franquea —abriendo a la codicia del otro, es verdad, una fortuna como nunca imaginó: bancos en el país y en el extranjero, empresas, etcétera—, Camps comprende que apropiarse de los bienes de los Graiver no será tan fácil como robar un auto o una casa o incluso un niño. Imaginate el odio que habrá acumulado como para que, cuando el gobierno por fin le da luz verde para secuestrar e "investigar" a su manera, Goldenberg "se le quede", casi inmediatamente, en la tortura.

—Y muerto él —se adelanta Miki, indignado—, ¿quién puede dar acceso a sus secretos sino su secretaria de toda la vida, aquella con la que, al parecer, estaba fugándose?

Me complace que Miki vaya arribando a las mismas conclusiones, aunque no sé si las cree verdaderas o producto de una locura mía con cierta lógica, así que me tomo un tiempo.

—¿Por qué Videla le habrá quitado el caso a Camps? ¿Por ese "error" de la muerte casi inmediata de Goldenberg, sin cuyo testimonio cree que será imposible apropiarse del patrimonio de los Graiver? El propio Camps, aunque herido en su orgullo, confiesa que había sucumbido entre tanto dato de finanzas, cuentas, bancos, etcétera. Como sea, Miki —digo—. Es entonces cuando el almirante Massera, ostentando una vez más su desprecio por Videla, lo felicita "en nombre de toda la Armada" por el modo en que llevó adelante el caso. Y es obvio que está ofreciéndole algo...

—Pero claro —dice Miki, despectivamente—. Massera querría el dinero de los Graiver no solo para él, sino para su campaña presidencial. Soñaba con ser el segundo Perón y quizá, ¿quién te dice?, además de una parte del dinero le habrá prometido a Camps que, durante su gobierno, volvería a ser jefe de Policía para juzgar a los judíos...

—Muy bien —dije—. Esta es mi teoría. Cuando Videla humilla a Camps diciéndole que será reemplazado en su cargo, Camps decide sacar urgentemente a Diana Kuperman de la cárcel de Olmos, tanto o más urgentemente, imaginate, cuanto que todos los Graiver, en su desesperación, debían de estar acusando al difunto Goldenberg... La saca de la cárcel, digo, donde la ha tenido separada de todos los demás, como escondida... y la entrega a la Marina.

Miki parece incapaz de seguir adelante: apenas puede imaginarse la soledad, el terror de aquella mujer, y casi sin darse cuenta pide la cuenta de nuestras dos gaseosas.

—¿Entendés por qué tengo que ir a la ESMA? —pregunto, confesándole por fin el motivo de mi llamado.

Y aunque Miki asintió con un gesto, automáticamente, yo, con solo decirlo, entendí que no era tan claro... Y que esa oscuridad que veía en mí lo disgustaba.

—Para inspirarte —improvisó, mientras se paraba y se ponía el saco. Pero era una idea extraña, elemental de la inspiración, de la que Miki se valía para salir del paso: sí, por alguna razón aquella historia lo había lastimado demasiado...

—Y qué curioso que no hayas ido antes, ¿no? —agregó, y yo sentí la hondura de su estocada aunque no llego a entender por qué me dolió tanto. Mi primer impulso fue decirle que siempre había esperado contar con alguien como él. Que no había querido pasar por la experiencia de ir a la ESMA sin alguien que me protegiera, que me auxiliara. Que ahora contaba con él para eso. Pero dije, como quien ruega:

—No, nunca lo he hecho: solo he visto esa foto de las buhardillas. La que aparece en el *Nunca más*. Con un muchacho de principios de la democracia sentado, reflexivo, ante una de las ventanitas, bajo el techo de pizarra... tratando de lograr esto mismo que yo trato de hacer: ponerme en el lugar de la víctima.

—Bueno —dijo Miki, severo—, la verdad es que mi madre estaba pensando en organizar una nueva visita para escritores. Pero si tenés tanta urgencia, podés venir este sábado, junto con los alumnos de una tecnicatura en Derechos Humanos que coordinamos con un compañero de HIJOS. Quizá no sea una visita tan profunda, pero al menos estará mejor asistida que la recorrida que se ofrece a los visitantes usuales...

Yo, por supuesto, dije que sí.

Y si no abundé en el agradecimiento fue porque él seguía muy serio y algo de mi propia pasión empezaba a avergonzarme. Como si en el fondo no creyera estar a la altura de lo que había contado.

Faltaban solo tres días, y apenas cuatro para el final de esta historia; y parecía todo dicho. Pero todavía una conjunción inesperada de hechos estaba por revelarme mi intención verdadera.

El día del censo, mi madre, ansiosa como ante cada novedad, estuvo levantada, por poco, desde el alba. ¿Qué querrían saber? ¿Y qué debía responder? ¿Para qué molestar a una anciana como ella? ¿Y no la castigarían, parecía preguntarse, por figurar todavía en el padrón de los vivos?

Yo estaba exultante por mi próxima visita a la ESMA pero también por lo que estaba a punto de suceder, y trataba de contagiarle, sin explicarlo, mi entusiasmo.

¡Ah, el alivio de decir, de una vez, la verdad! Que yo era el jefe de hogar. Que era homosexual. Descendiente de indios. Y probablemente de negros. ¿Cómo podía uno sentirse amenazado?

Y además, pensaba, si el censista pasaba antes por la casa de al lado, quizá podríamos enterarnos, por fin, de quiénes eran los nuevos vecinos; y si pasaba primero por la nuestra, podríamos, cautamente, denunciarlos.

Pero justo cuando la censista tocaba el timbre nos enteramos por la televisión de lo que acababa de ocurrir: Néstor Kirchner había muerto en El Calafate. Era una chica de campo ya demasiado alelada por todo aquello que le obligaban a preguntar como para aceptar fácilmente semejante imprevisto. Permaneció, casi veinte minutos, inmóvil, muda, absorta, frente a nuestro televisor.

Kirchner ordenando bajar la foto de Videla de la galería del Colegio Militar. Kirchner abrazando a Hebe de Bonafini.

Pero yo recordaba otra escena.

Mi padre había muerto en marzo de 2004. Pocos días después de que, en un acto público transmitido por

Cadena Nacional, Kirchner entregara el predio de la ESMA a los familiarcs dc las víctimas, a sus diferentes organizaciones, para que levantaran allí lugares de memoria.

Yo vivía entonces en Villa Elisa. El día del acto en la ESMA tenía que acompañar a mi padre a mostrar unas radiografías a su médico —y eso me ocupé de explicarles, recuerdo, menos culposo que desesperado, a los amigos con pancartas que me cruzaba en la estación de trenes y que iban al acto presidencial.

"Mi padre tiene cáncer", decía, como si quisiera que alguien me explicara qué significaba esa coincidencia. "Por eso por primera vez no estoy con ustedes."

Cuando por fin entré a la sala de espera del consultorio y lo encontré sentado en un sillón, abstraído, no hablamos nada sobre la ESMA; pero como a su edad ya no hacía más que ver televisión, supuse que había soportado, durante días, todas las formas de la propaganda oficial; y temí que se instalara entre nosotros el enojo de ver tan maltratada la escuela "a la que le debemos todo".

Pero me bastó una mirada para entender que solo había visto la televisión como ahora miraba la pantalla del televisor de la sala de espera: para ausentarse de la hartante solicitud de mi madre, como pretexto para hundirse en sus inimaginables reflexiones, con ese desapego amargo con que me había hablado esos días por teléfono.

Durante largo rato no dijo nada. Estaba allí, tranquilo, mirando sin tiempo. Hasta que de pronto, al escuchar no sé qué cantito de una manifestación que iba tardíamente hacia el acto, me dijo:

—¿Hoy es 25 de mayo?

Como si al fin cayera en la cuenta del festejo que compartía el país todo, y ya no pudiera adjudicar la alegría colectiva más que a algún tipo de revolución o independencia que, por lo demás, y por primera vez, no le importaban.

Lo cierto es que tan pronto se fue la censista, al ver que mi madre se sentía a la vez aliviada y alegre de haber sido sincera, decidí recordarle el secuestro de la chica de Kuperman, por primera vez en treinta y cuatro años. Con el falso pretexto de que la censista acababa de preguntarme por ellas.

—¡Uf, sí, me acuerdo! —dijo mi madre, tan conmovida como para sucumbir a la confusión—. Golpeaban las puertas… ¡paaaaaaaam! Y la perrita, ¿te acordás?, ¡no los quería!

De modo que era verdad. ¡Mi madre también había visto que pateaban las puertas! Y de pronto agregó:

—Y había metido un Goldenberg en eso, ¿no?

¡Así que era verdad que le habían preguntado por él! De otro modo, ¿cómo habría podido conocer y retener ese apellido?

Y no me importó que lo dijera como quien dice: "Y era cosa de judíos, ¿verdad?".

Porque de pronto entendía: la ESMA, ese lugar central en la vida de mi padre donde yo nunca había estado, el sitio en que también se jugó el destino de Diana Kuperman, era el símbolo de todo lo que yo ignoraba.

¿Y ahora iba a la ESMA para "escribir con el cuerpo", como dicen las feministas? No, quizá se tratara de dejar que el cuerpo fuera el papel en blanco, que la experiencia escribiera en mí, para por fin escribirla.

Pagar el precio.

R

1977

"Te llegó la hora." Y la sacan de la cama, y le ponen la venda, y la alzan a upa, las celadoras se gritan, quizá, pero no le hablan nunca. [...] Y esos ruidos que, a su paso, se producen por ella —ese cerrojo que gruñe, esas bisagras que chirrían, ese guardián que autoriza el paso murmurando un número— le dicen y repiten: "Te ha llegado la hora". [...] Son los mismos ruidos que oyó cuando venía hacia aquí, pero en orden inverso: eslabones de una cadena que se desgrana. La única cadena en ese caos de ruidos que es la cárcel de noche.

Hay quien resiste gritando los traslados. Diana no: la distraen sus dolores —los dolores de un cuerpo nunca recuperado— y el terror de que le hagan doler aún más —por eso cada cosa le pasa antes de que pueda esperarla. [...] La puerta de la cárcel. El viento congelante del campo alrededor. La sirena de la misma ambulancia que la trajo y los gritos de una mujer que bajan y que pelea y que Diana quisiera espantarse de un solo manotón, decirle "Han fusilado a doscientas como vos de una sola vez, no seas estúpida". [...] Y de pronto un milagro. Que enseguida se pasa. Y el frío, el viento, el viento. Y la dejan en una camilla, la suben a la ambulancia. [...] Pero ese milagro, por Dios, en el silencio —¿qué fue, Dios mío, qué era?

Casa 29. 14 de julio de 1977. Familia Kuperman. El juez Martín D'Antonio no hace lugar al recurso de hábeas corpus presentado por la familia de Kuperman, Diana Esther.

Han cerrado la puerta de atrás de la ambulancia. El chofer se adelanta a ponerse al volante y enciende el motor, y charlando con el camillero, esperan que se caliente. [...] Y Diana solo piensa, ese milagro, ¿qué fue? ¿Era la libertad eso que la hirió, en un segundo de silencio? ¡Nunca ha oído así, nunca ha olido así! ¡Y cuánto podía decirle, en un instante, el campo! *(Don Aarón que las lleva en el Siam Di Tella a Miramar, a su madre y a ellas, y les señala a lo lejos la cárcel de mujeres.)* [...] *("Oh no, desgraciadamente no recuerdo los nombres de aquellos camilleros, no sé ni siquiera si los supe", dirá Diana en el juicio.)* [...] Pero arrancan a lo bestia, marcha atrás, giran entre chirridos y Diana oye los gritos de los presos de la cárcel de varones. La camilla está suelta en la cabina y golpea, golpea, golpea contra la puerta del fondo. [...] *("Cuidado", dijo Goldenberg, y después, no recuerda.)* [...] Topa la camilla la puerta de la ambulancia, se escora y golpea los flancos como el badajo de una campana inútil que nadie puede oír, hasta que por fin el camino se hace recto como solo lo son las grandes rutas... [...] *("Sí, y no solo eso. Eran sumamente perversos, en los traslados. Iban a mucha velocidad, tremenda velocidad y hacían movimientos y se reían, y yo, como estaba inmovilizada, tendí a caerme en varias oportunidades.")* [...] ¿Y qué pensará su madre si al fin llega a la cárcel y le dicen que Diana no está? [...] *("Ojalá supiera algunos de sus nombres, sí, porque con muchísimo gusto los diría. Y no es por miedo que digo que no recuerdo, ¿eh? Es simplemente la verdad.")*

Casa 7: Familia Aragón. 15 de julio de 1977. Mi madre intercede ante Cavazzoni por la suerte de Martín Aragón. El marino la deriva a la pareja de viejitos a cuya casa dan los fondos de todas las nuestras. "No es militar", explica Cavazzoni, como exculpándose, "pero está en la lucha contra la subversión". Dos o tres días después, le dicen a mi madre que Martín volverá —con tal gesto de desprecio por sus muestras de alegría que, me confía ella, misteriosamente, será mejor no apresurarse a festejar.

"¿Usted dónde creía que iban?", preguntará el juez. "Creí que me mataban", dirá Diana. [...] Porque hasta ella lo sabe ya entonces: se fusila en los campos alrededor de La Plata. Aparecen cadáveres —de a diez, de a quince, de a treinta— al borde del camino de Villa Elisa a Punta Lara. [...] Pero la puerta de atrás de la ambulancia se abre y la camilla se desliza por la ruta hacia el campo y se hunde en un bañado, qué dulzura de muerte. [...] Un barquinazo la despierta: la ambulancia ahora bordea una rotonda, una de esas maniobras como de cortesía que anuncian la ciudad, y como un tiburón que rodea a su víctima empieza a sentir en torno otros autos, camiones, colectivos —oh, el mundo ha seguido igual mientras ella lo perdía— y de pronto, bajo las ruedas, el traqueteo de un puente que cree reconocer: Oh no, no quiere la esperanza, pero qué parecido suena todo a su propio barrio, y cuando suben a la vereda no puede no intentar escuchar un piano —aquella polonesa para Anna Magdalena... [...] *("Me pregunto, doctora, si usted recuerda lo que escuchó al llegar, si pisaban pedregullo, asfalto..." Pausa. "Oh, perdón", dice Diana, "he hecho que no con la cabeza". "No. Lo único que sé es que me sacan de la*

ambulancia y me dejan en un cubículo de cero por cero, en el piso, sobre una colchoneta.") [...] Cero por cero. [...] Estira, con la venda puesta, una mano, y toca una pared de azulejos rotos, y reconoce el hedor: también en su casa hay un gabinete así, bajo la mesada. Para tirar la basura.

CERO por cero. [...] "No te saqués la venda", le dice un carcelero. [...] Le duele todo el cuerpo: no puede estar sentada. Se estira en un colchón hediondo de humedad. "¿Y quién me va a cuidar?" [...] Gotear de canilla, siseo de una hornalla, crepitar de pan quemado —y su olor la tortura. [...] Pasos de un hombre solo. Solo un hombre cuidándola. [...] Cuando él abre la puerta y sale al aire frío, Diana se anima a levantar la venda un poco y por una mirilla en lo alto ve una lamparita encendida, eternamente encendida. [...] Pero ese viento de afuera trae gritos de un potrero, y el ritmo de un tren que hace retemblar el suelo, un cantito de hinchas que van hacia la cancha. [...] ¿Y si la cárcel no fuera más que un modo de agudizarle los sentidos, hasta que un simple dato de la realidad —un color, un color, un ruido— le doliera como un tormento físico? [...] Y de pronto un golpe feroz, ¡bum!, en la puerta de chapa. "¡Nombre!", le gritan. "¡Nombre!" [...] Y ella tarda en comprender que debe decir el suyo, y articular la voz es aún menos difícil que rescatar a la que fue desde el fondo de sí. *("Diana Esther Kuperman", dirá en el juicio, tantos años después, y cómo no pensar que aquel carcelero puede estar entre el público.)* [...] Como una suerte de premio, oye que por debajo de la puerta le deslizan un plato. Los dos tipos, el que la vigila y el que ha llegado a preguntarle su nombre, se comen sus tostadas, y ella, rendida de hambre, tanteando en lo oscuro comprende que no es plato, es escudilla. Se abraza, se concentra. *Oh mi Dios,* dice, y se abraza los hombros. *Oh, mi maminke.*

Casa 9. Familia Bazán. 18 de julio. Han arrasado el departamentito adonde, secretamente, se mudó mi prima. Mientras la acompañamos, con mi padre, a componer un poco el destrozo, me atrevo a preguntarle por la suerte de Mona Yrla. "No sé", me previene. "¿Cayó presa?" "No sé", exige, como cuando me enseñaba que es mejor no saber nombres. Pero una nueva amargura, despojada ya de toda épica y de toda esperanza, me da a entender que todo lo que "no sabemos" es infinitamente peor que lo que podemos imaginar, y que es mejor ahorrar fuerzas para cuando podamos enterarnos. Ya no le creo.

"Doctora Kuperman", dirá el juez. "Usted se ha referido a las torturas de que fue víctima, torturas psicológicas, no torturas corporales, ¿verdad?" "Psicológicas, sí, doctor, más psicológicas. Porque eran muy violentos." [...] "¡Nombre! ¡Nombre!", grita el segundo tipo, y sigue dando golpes a las sillas, las paredes, como si pudiera arrancársele la identidad al mundo todo. Pero nadie contesta, o ella no escucha. [...] *"Gritaban, ponían la radio, tiraban tiros."* [...]. "¡Nombre!", y de pronto los dos se ríen, incomprensiblemente. [...] Y hay algo más terrible que estar abandonada al Mal: estar abandonada, lo siente, a la locura. [...] *("Eran*

simulacros, doctor. Cosas que decían para que una siguiera temiendo todo el tiempo.") [...] Y poco a poco en sus conversaciones —Diana no puede no atender a sus charlas— empiezan a intercalar descripciones de tormentos como ella solo oyó que aplicaban los nazis, en un tono tan vulgar, tan distinto de toda actitud humana conocida, que ella quiere creer que no es verdad, que solo están burlándose. [...] *("Simulacros para que una creyera que de un momento a otro podía pasarle eso.")* [...] Y es cierto que cada tanto intercalan un nombre que ella reconoce de otra época, otro mundo, otra vida (la del año pasado, en la oficina de EGASA). Pero son nombres que bien pueden conocer de la televisión: Papaleo, Timerman, Graiver. [...] Hasta que mencionan un dato que solo ella conoce, las siete cicatrices, y agregan, entre risas: "El corazón le falló". [...] Y Diana, que no ha admitido su muerte porque no vio su cuerpo muerto, sobrecogida, comprende que —¿destino, paradoja, castigo?— en esa misma celda estuvo Jaime Goldenberg. [...] Que su destino es seguirlo incluso en esto. [...] Que deberá dar cuenta por aquellos secretos que él no quiso revelarle. O que le reveló, y ella no puede recordar.

Casa 29. Familia Kuperman. 25 de julio. La señora Felisa, aconsejada por un médico y por su propio insomnio, llega al Hospital Naval, donde ya hay otras mujeres esperando en la puerta. Una de ellas, que dice llamarse Kika, la reconoce del barrio, y ella también la reconoce, pero lo disimula. "Vengo a buscar al doctor Ramírez", explica en la guardia, y es verdad, porque se le ocurre que ese traumatólogo, hermano de una amiga, puede haber atendido a Diana, aquí, y saber de ella. "Puedo esperar-

lo aquí, si es mucha molestia", aclara. Pero los marinos de guardia no la escuchan ni responden, bromean con el nombre de una de esas mujeres que sí dicen, en cambio, estar buscando a sus hijos: "Villaflor, Azucena".

"Perdón doctora, la interrumpo", solicita el juez. "Porque aquí consta en el prontuario que usted fue sacada de la cárcel el día..." "Oh Doctor, no sé qué fechas." "Está bien", dice el juez. "Se comprende. Pero según consta aquí usted estuvo a disposición de la policía del día 17 de julio al día 22." "Bueno, doctor", ironiza Diana. "Yo creo que fueron más." [...] Porque también el tiempo aquí se desdibuja, como ese accidente que no puede recordar: [...] ¿Por qué? ¿Por qué? ¿Por qué? [...] ¿Han sido todos esos —los Papaleo, los Graiver— los que la han acusado? ¿Será que en medio del tormento —¡pero claro!— prefirieron echarle toda la culpa a un muerto, ¡al difunto Jaime Goldenberg!, del que ella "sabe todo"? [...] ¿Y cómo convencer a estos tipos de que ella no sabe todo, si aquel viaje *in itinere* tiene toda la apariencia de una cita clandestina? [...] ¿Y ahora dónde se han ido? [...] Que se han ausentado más tiempo que nunca se lo dicen sus tripas, la tortura del hambre, esta debilidad. [...] Toca el plato y no lo han retirado: el resto de comida asquerosa está reseco, pero aun así come. [...] Y tiene sed y solo atina a pasar una y otra vez la palma de la mano por la pared húmeda y lamérsela, así, como quien lame heridas. [...] Quizá llega a llamar, mientras el tiempo se borra, pero nadie contesta —solo escucha los ruidos recurrentes del mundo, sobre todo el canto enloquecido de un zorzal. [...]

Pasan días, meses, años [...] ¿Y cómo contar lo que entonces llega? Es el "cero por cero" para el que no hay palabras, porque no contiene esperanza ni Dios.

Casa 5. Departamento B. Planta baja. Familia Colombres. 25 de julio de 1977. "Me dejaron entrar, buscar entre bandejas", les dice Kika a los Colombres cuando se los encuentra en la puerta de la morgue, "y yo, de la impresión, hice caer una". Los Colombres le replican: "Ya es demasiado, ¿no?". "Sí", dice ella, determinada. "Quieren volvernos locos. Tenemos que encontrar otra manera."

Hasta que una noche, claro, Diana oye que llegan autos, que el portón de calle se abre, y es Dios el que llega: y viene a darle vida.

"¡Me ha llegado la hora!", se dice, renaciendo. [...] Y sí, es la voz de Dios la que suena entre otras voces y se impone sobre ellas. [...] Y Diana llora, revive, y aun se incorpora cuando los oye entrar. [...] "¡Nombre!", quiere que griten. "Nombre", y quiere decirlo, ya, como para probar que existe. [...] Pero ellos no son los que eran, no parecen recordarla: son actores del libreto de la obra de teatro que describieron en sus charlas. [...] Traen una camilla con ruedas, ponen fuerte la radio, conectan otro aparato que al usarse provoca interferencias. [...] Y como para probarlo abren el cubículo y la alzan a upa, y ella querría gritar su nombre pero no tiene fuerza, o quizá ya no es ella: y no ha de querer serlo hasta que llegue Dios. [...] Y sin decir palabra, como si fuera una cosa, la tienden en la camilla, la atan de pies y manos *(Oh, como estaba Goldenberg cuando el corazón le falló)* y algo inconcebible la muerde en el tobillo.

Casa 9. Familia Bazán. 13 de agosto de 1977. "¿Pero vos de veras creés que este es un mal gobierno, María Martha?", pregunto yo en la cena de cumpleaños de Vismara, el médico de la policía que en el '74 nos habló de las torturas.

"¿Creés de verdad que esto es una dictadura?", repito yo, con un temblor extraño, porque me da timidez rebelarme en público, y de hecho jamás lo había hecho hasta ahora. Y María Martha, la hija de Vismara, no me contesta. Quizá teme seguir desafiando a su padre, que continúa abundando en loas a Videla.

Y es que Borges ha ido a comer con Videla. Y dice que Pinochet es, sin duda, un caballero. Y hace un culto de sus ancestros militares. Y a la vez es el único que me abre la posibilidad de un destino, que no sea ser padre, ni médico de policía, ni policía, ni muerto.

Debió de haber gritado. [...] No lo sabe, y no lo recordará. [...] Pero sin duda ha gritado porque Dios entra bramando —lo que se espera de Dios— a impartir su justicia. [...] "¿Pero qué hacen, animales?" [...] Y ahora, paralizada, temblorosa, allí en la camilla, siente la mirada de Dios sobre su cuerpo entero. Y es como una piedad, sí, porque siendo tan grande su poder de perdonar, se lo siente en el cuerpo, como un calor o un perfume. [...] Dios la mira solamente, como si fuera a nombrarla. La potestad divina de traerla a la vida con su sola palabra. [...] "Suspendan", dice por fin. "Ella no es montonera."

¡Ah, escuchar, escuchar, era esa la tortura que prepararon para ella! "¡Y a ver si a esta también le falla el corazón!"

Solo entonces Diana Kuperman cree reconocer esa voz, pero yo no me animo a decir con la de quién la confunde.

"Vos estás sospechada", le dice ese hombre a Diana, y en cuanto le aferra el tobillo, en el exacto sitio que quemó la picana, ella comprende que tampoco es quien creía: es el Malo.

"Vos estás sospechada", lo que quiere decir: "Allí donde te llevamos tendrás que demostrar que no sabés".

Y a los demás: "¡Llévenla!".

Y empujan la camilla, de nuevo, a la ambulancia.

Allí donde te llevamos, piensa ella. Y supone: el infierno.

"De lo que digas ahí dependerá tu vida."

S

2010

Si me hubieran llamado a declarar, diría que el sábado 30 de octubre, cuando salí de casa al alba, creí dejar a mi madre en perfecto estado. Que, incluso, la noche anterior, había sido ella quien me dijo: "Andá tranquilo, no te preocupés por nada". "¡Pero mirá que no vuelvo hasta la madrugada, ¿eh?!", le aclaré, aunque no me atrevía a decirle adónde iba, tan temprano. "¡Porque a la noche tengo una entrega de premios, en Las Flores." "Oh, ¿qué me va a pasar con tantas rejas?", sonrió. "Y además, tengo esta perrita." Y yo salí sin echar una sola mirada a la casa vecina, extrañamente exaltado, sintiendo que por fin iba al encuentro de mi padre.

Me recuerdo en el ómnibus, en la mañana espléndida, contemplando esa franja limpia de pampa que queda entre la autopista y el río, pensando en el muchacho de trece años que un día de 1930 había cruzado en tren este mismo paisaje con el telegrama de notificación en el bolsillo: lo habían seleccionado entre miles de aspirantes. Y las mañanas de sábado en la ESMA, los años siguientes, cuando solo pensaban en el bulín que entre varios compañeros habían alquilado en Belgrano y en las salidas nocturnas por ese Paseo de Julio que la literatura me enseñó a imaginar —mi padre uno de los marineros de Tuñón, quizá aquel que Emma Zunz decide descartar porque le dio ternura—. Y si pensaba en Miki, nacía en mí un extrañísimo orgullo: al fin lo que mi padre había sido le iba a importar a alguien. Al fin podría exponer, también yo, mi propio secreto.

El ómnibus me dejó frente al Ministerio de Defensa, en el exacto sitio donde una bomba de la Marina había destrozado, en 1955, un tranvía lleno de niños. Y atravesé ese bosque de palmas y ofrendas populares en que se había convertido Plaza de Mayo, los restos del velatorio multitudinario de Néstor Kirchner que empleados cuidadosos recogían por orden de la presidenta, y se me ocurría que todo el país florecía en un mismo duelo. Me recuerdo en el subte, reclinado, aplicado a hojear aquel Régimen Naval, y al final, el espantoso apéndice sobre "inteligencia".

Porque iba también pensando en Diana, claro, que en otra alba de un día de julio de 1977 había hecho ese mismo camino, en ambulancia, a toda velocidad, con los ojos vendados. Y en algún otro muchacho que, cuarenta años después que mi padre, desde el colectivo que lo lleva por primera vez a la ESMA *pudo ver pasar esa ambulancia sin pensar ni una vez que iban al mismo sitio.*

Y de pronto, al final del recorrido del subte, al salir a la avenida, comprendí que *no era allí*. Como si después de atravesar el mundo creyendo haber esquivado el ardiente corazón de la tierra hubiera aparecido, una vez más, no en mi antípoda, sino en cualquier otro sitio. Decidí parar un taxi, y cuando subí, no supe decirle cómo llegar. No podía decirle: "Lléveme a la ESMA". Como a ciegas, dibujé en mi mente el mapa de Buenos Aires. "Al estadio de

Defensores de Belgrano", dije. Y después de algún breve intento de conversar sobre fútbol, el taxista empezó a hablar de la inseguridad.

El taxi me dejó en la esquina del estadio, un sitio de intemperie, bajo el envés declinado de unas gradas vacías, en el cruce de dos avenidas inmensas. A lo lejos podía ver bien que la ESMA no es solo un edificio —esa especie de templo de cuatro columnas que anuncia Escuela de Mecánica de la Armada como aquel cartel de Auschwitz reza "El trabajo os hará libres"—, sino un inmenso bosque de donde emergen hoteles, galpones, pabellones. Y en la esquina, frente a una especie de tranquera, vi que ya estaba, cómo no, Miki junto a sus alumnos: dos chicas jóvenes con termo y mate, un viejo de pulóver peruano, un ama de casa de jogging: gente de pueblo cuyo único rasgo común parecía ser el recogimiento. Crucé emocionado la calle, pero un solo abrazo de Miki me alcanzó para comprender que no podría compartir con él mi extraña alegría: él había perdido a Kirchner, el que donó este predio de la Armada a los familiares de las víctimas.

—Esperamos un poco a que venga mi vieja, que quería saludarlos —sugirió Miki.

Pero los alumnos, que acaso estaban ya impacientes por mi demora, apenas si contestan.

Y en el silencio de todos, que de algún modo parece excluirme, siento todavía la vastedad del viento, sus ráfagas que desautorizan los ruidos del tránsito incesante confundiéndolos, desbaratándolos.

Pocas cuadras más allá, veo alzarse sobre pilotes la avenida General Paz. Como mi propia casa, me digo.

Como la casa barco que me legó mi padre, como la casa en que me formé, la ESMA está a pocos metros del límite.

¿Y habrá escuchado Diana, cuando la ambulancia en que la traían hizo callar la sirena y aminoró la marcha para atravesar este portal, las voces de los aspirantes que esperaban aquí afuera, y la voz de algún milico que salió a gritar que le dejaran paso? Y aquel muchacho parecido a mi padre, ¿habrá escuchado a alguien murmurar "será algún subversivo" y a otro que desprecia: "Pero, ¿un subversivo? ¿Y por qué aquí?".

—Ya viene mi vieja —dice Miki, cerrando el celular, y avanzamos unos treinta metros hasta entrar a una cabina, una especie de garita ampliada *(¡Ah, la garita del guardia de la base de submarinos de Mar del Plata!, me digo, el lugar de mi primer recuerdo: una ola gigantesca abalanzándose sobre el balneario y en la cresta una balsa que me hace llorar a gritos, porque siento que allí llega algo muy malo).* Y hay un mostrador en donde se nos indica llenar un formulario con nuestros datos, las razones por las que hemos venido aquí. "Poéticas", improviso, mientras siento, sobre mi cuerpo que se inclina a escribir, la mirada atenta del pasado: Yo soy su hijo pródigo.

Y al volver junto a Miki, que habla cálidamente con una chica de largo pelo negro, jeans y camisa Grafa, los veo girar las cabezas para divisar un auto conducido por una mujer que cruza el portón y avanza torpemente hasta frenar entre corcovos en medio de la calle: Miki no precisa decirme que esa mujer es su madre, y que es la directora, y que fue montonera:

sus jeans apretados, esa cabellera enorme y las botas de tacos que clava en el empedrado, y esa insolencia de dejar el auto así, en medio de la calle, son un desafío. "El centinela abrirá fuego", me digo: es ese antiguo terror que me hace cambiar de vereda ante los edificios públicos. Pero ella parece creer ahora que son los desaparecidos, los muertos, los que permiten el paso. Y a ver quién es capaz de detenerla.

¿Y habrá llegado a escuchar Diana, cuando al fin la bajaron, con los ojos vendados, en medio de un fragor de árboles, los gritos de los cabos que empezaban, por fin, a convocar por lista a los ingresantes y los hacían formar fila en el patio central de un edificio para la ceremonia de despedida del mundo?

—Les pido disculpas por la demora —dice Susana entrando a la garita, mientras se acerca a saludarme, quitándose los anteojos de sol y descubriendo unos ojos que delatan sus más de sesenta años y sus tres días de llorar.

Los alumnos de Miki se acercan, con una impasibilidad sorprendente.

—Yo sé que es extraño verme aquí. Y no es en absoluto mi intención interferir el trabajo de la excelente guía —y con una mirada señala a la chica de camisa Grafa que está con Miki y que, conmovida, le devuelve una sonrisa—. Pero no quería dejar pasar este momento. Y decirles que dudamos mucho en abrir hoy, cuando aún dura el luto nacional y las banderas siguen a media asta. Pero pensamos que la mejor manera de honrar la memoria de quien nos legó este espacio, es cumplir su deseo.

El teléfono de Miki suena y él sale de la garita a hablar con ese compañero a quien está esperando, el otro coordinador de la tecnicatura, que también se ha demorado, como si hubiera en el horario, me digo, algo intrínsecamente impracticable.

—Las que hemos perdido compañeros en la lucha —dice Susana— sabemos por qué momento está pasando la presidenta.

Y yo pienso en Hebe, en las Abuelas a quienes he visto, por televisión, velar de pie junto al cajón cerrado de Néstor Kirchner, en Casa de Gobierno. Ellas, que no pudieron ni velar ni enterrar a sus hijos, obligadas a velar a alguien a quien quisieron como un hijo. Algo nuevo además del dolor, o quizá el dolor a secas, el dolor sin disfraces ni etiquetas, las está arrasando. Algo que me deja afuera. Pero estoy tan orgulloso de ser, por primera vez, entre ellos, yo.

¿Y habrá oído Diana, después de recibir el número que la identificaría como presa de la ESMA, *y mientras la subían, a upa, a las buhardillas, la voz castrense de un cabo que, allá abajo, en el patio central de la escuela, volvía a pasar lista a los aspirantes y otorgaba, a cada uno, un número, como si Diana y esos muchachos fueran objeto de una misma contabilidad?*

Y por fin salimos a la calle y avanzamos hasta una esquina donde, frente a un plano de la ESMA pintado sobre una enorme laja vertical, la guía, que se presenta como Clara, nos aconseja que si queremos ir al baño o cargar agua para el mate lo hagamos ahora, porque nos esperan tres largas horas de visita.

Yo sigo su sugerencia: entro en un antiguo pabellón pequeño y busco los mingitorios bajo un techo descalabrado, entre pedazos de pancartas y sillas amontonadas.

"No es descuido", me dirán después. "El juez de la causa por crímenes de lesa humanidad ha dado orden de no innovar." Y siento que cada cosa que toco es una historia; cada cosa es una prueba.

Creo que solo entonces pensé en llamar a mi madre, que ya habría despertado —que estaría levantándose sola, en la casa vacía, a un día más que nunca poblado de ausencias—, pero me arrepentí.

En una declaración habría debido decir que, como ordenó la guía, mantuve apagado el celular durante al menos tres horas.

—Y ME VAN A TENER que perdonar a mí también —dice Clara una vez que volvemos a reunirnos ante el mapa (y yo solo quiero distinguir, por detrás de su melena negra, las pequeñas leyendas que identifican a los edificios: alguna pequeña palabra que me reúna con mi padre)—. Y van a tener que ayudarme —dice, ante el grupo que la mira obediente— en este día especial…

Quizá porque retoma el discurso de Susana, casi como si la imitara o quisiera sucederla, no puedo dejar de compararla: tiene su mismo espíritu, quizá. Pero no su aspecto, como si imitara a esa otra que Susana fue. Y al mismo tiempo el tono en que nos habla parece el de una maestra de expresión corporal.

Como es tanto más joven que yo, unos veintiocho años, comprendo también que es más joven que todo cuanto puede contarse de este sitio; y que, por lo tanto, su compenetración con la historia de la ESMA es fruto de sensibilidad, no de experiencia.

Y desde esa buhardilla en donde la dejaron, entre los cuerpos gimientes de otros prisioneros, acaso mientras trataba de distinguir los gritos de un preso que acababan de llevarse, ¿habrá oído Diana los gritos de los cabos que, allá abajo, en la escuela, conducían las rutinas de gimnasia con que ya desde el primer día se atormentaba a los alumnos, modelando sus cuerpos hasta volverlos todos iguales e irreconocibles?

Y creo que ya me irritó el tono en que la guía empezó por decir que desde fines de los años veinte la ESMA había sido una institución educativa adonde las familias más humildes del pueblo mandaban a sus hijos a labrarse un futuro —como quien dice: "Perdónalos, Señor, porque no saben lo que hacen".

Pero en todo caso, me pregunté, ¿quién podía haber *enviado* allí a mi padre? La leyenda familiar dice que, después de una de esas peleas feroces que enfrentaban a las madres solteras con sus hijos naturales, mi padre desapareció por meses de La Plata, para reaparecer un día con traje de marinero: de ese regreso, que acaso todos admiraron, él sí me había hablado, con inocultable orgullo: "Desde entonces mi madre ya no tuvo que trabajar más".

La guía dice también que esas mismas familias humildes, acabado el curso, debían pagar al Estado lo invertido en la educación de sus hijos. ¿Pero quién habrá pagado los estudios de mi padre?

—¿Alguna pregunta? —dice la guía de pronto. Y yo hago la mía.

—¿Sabés dónde dormían, en los años treinta, los alumnos? —y en mi tono hay un intento, casi una súplica, de congraciarme con ella, de incitarla a que me caiga bien.

—Hm, no sé —responde, como si yo, abusivamente, recabara un dato que requiriera un estudio demasiado exhaustivo—. Pero puedo averiguarlo si me llamás.

Y eso es todo.

—¿Algo más? —dice la guía mirando a los alumnos de Miki. Y yo temo un malentendido. ¿Por qué desestimar así, o no ver, lo que yo podía darle?

Pero los alumnos, todavía, nada.

—¿Nada? Recuerden lo que les dije, ¿eh? —dice la guía, incorporándose para guiar nuestra marcha—. Que tienen toda mi confianza, porque a mí me va la vida en esto. Pero hoy —la voz le tiembla—, hoy van a tener que ayudarme.

Y nos vuelve la espalda y, como si ella fuera la viuda, le vamos detrás por la larga calle interna que bordea la avenida, hacia ese único pabellón, el Casino de Oficiales, por donde pasaron, se calcula, a lo largo de tres años, más de cinco mil prisioneros.

¿Y oiría Diana en la buhardilla, tras el medido escándalo del preso que devuelven a su colchoneta, los ruidos de las grandes máquinas del taller de la ESMA que los alumnos veían encenderse en su primera clase, como quien descubre el bramido de los motores del mundo?

Y avanzamos por esa calle interna mirando a un lado, a través de la larguísima verja, el tránsito feroz de la Avenida del Libertador; y al otro, a nuestra derecha, las construcciones navales que se van sucediendo como barcos varados: la casa de los suboficiales —¿pero habrá dormido, allí, papá?—, las ventanas amplias de las inmensas aulas, y por fin el pórtico de las cuatro columnas por cuya puerta abierta entreveo un salón vastísimo donde ahora funciona el Museo de la Memoria.

(Y allí Hans Langsdorff se habrá subido al púlpito, me digo, a dar su arenga a un público en el que, de pronto, por un instante, ve la cara de un indiecito que pocos días después cargaría su ataúd con la insignia del Reich... ¿Y lo habrán sabido? ¿Se habrán elegido, los dos forasteros, como padre e hijo?)

Todos edificios dedicados a la memoria —pero todo es memoria de mi gran soledad. Yo no me acerco a nadie —todos van como cobijando un secreto en su silencio— porque ya no me ilusiono con que nadie más entienda; y bendigo quedarme solo, para entender y cambiar.

Porque, ¿habrá otro campo de concentración, en la historia del mundo, montado en una escuela? Y ni siquiera en las ruinas de una escuela, digo, sino en una escuela *en pleno funcionamiento*.

Pero, ¿dónde está Miki? De pronto, la sola idea de entrar sin él a las ruinas del infierno, o de que me haya castigado por aquel entredicho con Clara, me crispa el estómago.

Y ahora, en su buhardilla, Diana escucha por primera vez el silencio de la escuela. Y es que los aprendices, cada uno en su pupitre, se hunden en la lectura del Régimen naval, *las leyes que regularán su permanencia aquí, las que habrán de hacer carne hasta volverlas costumbre y desterrar el pasado: el precio de quedarse.*

Pero por fin, por allá atrás, Miki reaparece, con bizcochos y agua —ah, su bondad, su infinita gentileza para todo aquel que quiere ser su compañero— y con ese socio suyo que esperaba y que es, evidentemente, mucho más su par que yo: un muchacho rubio y tan gordo —pienso— como solo puede permitírselo un chico rico y rubio (y yo con estos zapatos demasiado formales, para la entrega de premios de la noche); pero vienen muy lentamente, ocupados en la charla, como si nuestro tour fuese para ellos una cosa resabida —algo que ni puede compararse con aquello que comentan—, un tesoro que también por aburrimiento generosamente legan, hoy, a los demás.

—¿Viste? —le pregunto a Miki, emocionado (cuando él, que no está ofendido conmigo, nos alcanza), como para borrarle el recuerdo de mi desencuentro con Clara, o como para que él me diga "Perdoná, tu padre no sabía lo que hacía..."—. La guía dijo que todos los aspirantes eran de familia humilde...

—Nah —desprecia el amigo, sin saludarme siquiera—. ¡La Marina fue siempre muy nariz para arriba...!

Pero, me digo, perplejo, ¿qué puede decir el niño rico e indemnizado de mi abuela mucama o puta, y de mi padre abandonado?

Desde un ómnibus gritan: "Viva Menem, carajo". Y Miki responde agarrándose el bulto. Pero Dios, me digo, ¿cómo es posible que responda con ese gesto alguien que debe todo a las mujeres, a su madre, a su abuela?

Y ahora, por fin, los tipos que entran a la buhardilla le anuncian a Diana que será la próxima, la alzan a upa, la bajan por la escalera, mientras allá en las aulas los aprendices se aplican a leer, guiados por un profesor que quizá sea Cavazzoni, el apéndice del Régimen naval *que les abre el mundo de la "inteligencia": con qué ferocidad ha de tratarse al enemigo —aun cuando sea una mujer inválida, en camisón, aun cuando sea una madre— para que siempre se mantenga el secreto, para que nadie sueñe siquiera con declarar.*

Pero ya nos detenemos, y quizá porque estoy como aislado en mi perplejidad, tardo en escuchar la voz de Clara que se ha vuelto hacia nosotros y señala el piso.

—Esto —dice, y veo una cadena que cruza el empedrado y termina en una garita cerrada— impedía el paso al campo de concentración. Quienes llegaban al campo con los ojos vendados escuchaban el chocar de los eslabones de hierro contra el empedrado.

—Una cadena de amarre —musito, para nadie, para mí, pero todos lo escuchan.

Y Clara, sorprendida, desconfiada —quizá atando cabos con mi pregunta—, me dice que así es.

Yo recuerdo mi infancia: los muelles de La Plata adonde íbamos a buscar a mi padre, al cabo de sus viajes. Pero no es eso lo que más me golpea.

"Una cadena de amarre", repito, como quien escribe: porque he escrito tanto sobre los marinos. Idealizándolos, admirándolos, aferrándome a sus confesiones, sucedáneos del silencio de mi padre. Y ya sé de qué estaba hecho el campo de la ESMA: de la misma materia de todas mis novelas.

—Entremos en el campo —dice la guía.

Entramos al lado oscuro de todas mis palabras.

T

1977

"Me sacaron la venda", declarará Diana en el Juicio por la Verdad, en La Plata, en 2005. "Y estaba en un espacio enorme, rodeada de gente, pero no pude ver las caras en razón de los focos, o más bien reflectores, que me apuntaban a los ojos." (Que la cegaban, pienso yo, después de tantos días pasados en la más profunda oscuridad, en el "cero por cero".) Y a fuerza de haber escuchado los trajines de la Escuela por un momento creerá estar delante de un aula, de un grupo de alumnos atentos a aprender de ella: su cobaya de indias, su material didáctico.

Casa 9. Familia Bazán. 20 de agosto de 1977. Por la puertita que comunica los fondos de ambas casas, aparece Martín Aragón, y mi madre rompe a llorar al verlo, y mi padre lo palmea en la espalda, satisfecho: nadie termina mal si es inocente. Y él nos mira a los tres, que no preguntamos nada, que incluso no creemos que haya algo que saber; nos mira con agradecimiento, claro, hasta con alegría, pero también con un asombro que solo me confiesa treinta años después: en qué abismo se fundan inocencia y sabiduría, cobardía y coraje de cualquier vecino.

Y escribe el general Camps en su libro que Diana declaró haber sido secretaria de Jaime Goldenberg, sí, desde mucho antes de terminar la carrera de Derecho;

que fue formada por él en la especialidad de constitución legal de empresas, y que por él entró a trabajar en Winston SA, que pertenecía al cuñado de este, Elías Paley; y que, también por gestión de Goldenberg, en 1973 empezó a trabajar para las Empresas Graiver, siempre como asesora jurídica en su especialidad.

Pero, ¿le habrán preguntado a Diana, como a Jacobo Timerman, sobre el pasado comunista de Jaime Goldenberg, sobre sus antiguos camaradas entre los que figuraría, sin duda, Elías Grossman? ¿Le habrán preguntado, además, sobre los vínculos de Goldenberg con el sionismo? Y en el caso de que ella haya negado que existiera alguno, ¿le habrán exigido, larga y cada vez más brutalmente, que dejara de mentir, porque para ellos, sionismo, marxismo y subversión eran casi sinónimos?

Casa 9. Familia Bazán. 1 de septiembre de 1977. María Laura Grados vuelve después de pasar seis meses estaqueada, embarazada, en el campo de concentración de La Cacha. 2 de septiembre de 1977. Un telegrama de la Armada declara desertor a Atilio Martínez, y su madre sale corriendo a confirmar las sospechas de otras madres de conscriptos: que así se desliga la Marina de su desaparición —y guay del compañero que ese día, en la base, presenció su secuestro, y se atreva a contarlo, dice el profesor de Inteligencia, glosando el Régimen naval.

Y escribe Camps que Diana Kuperman alegó, en esos interrogatorios, que "no mantenía amistad con mis compañeros de EGASA", y que "de sus círculos estuvo siempre raleada" (y yo me digo que hay algo extraño en esa afirmación, una especie de vindicación de su condición de excluida por razones que el libro invita al lector a deducir: pero no lo atiendo, para no caer en las trampas de un torturador). Y declara Diana que es verdad que muchas cosas le llamaban la atención, pero que en EGASA se decía, como máxima, que la mano derecha no tenía que enterarse de lo que hacía la izquierda. Y declara Diana que su trabajo siempre fue muy duro, en razón de la cantidad de empresas que súbitamente se creaban, pero que ella se abstenía de hacer comentarios, "para no herir susceptibilidades". Y que desde que en 1975 los Graiver "se mudaron" a New York —un eufemismo, claro, o más bien un sarcasmo— quedando Jaime Goldenberg virtualmente a cargo de EGASA Argentina, Diana, además, pasó a formar parte de muchas de esas empresas, en carácter de "síndico" o incluso "presidente", pero solo como "prestanombre". Y que un día, por ejemplo, le encargaron estudiar la ley 19.399 para analizar la participación de una empresa dentro de otra. Después se enteraría de que se trataba de Papel Prensa. Y que los Graiver llegaron a firmarle, a Diana, un poder para representarlos en esa empresa.

Casa 5. Departamento B. Planta baja. Enero de 1978. Uno de los hijos del matrimonio Colombres, que vive en la clandestinidad desde hace dos años, llega saltando tapias, atravesando la manzana: la razón, quizá, por la que sus padres eligieron alquilar ese departamento.

"¿Y tu compañera?", le preguntan. Y él, en su silencio, en su mirada blanca, revela que sabe algo que sus padres conocerán muchos años después: que la han visto en un patrullero, desfigurada a golpes, por la ciudad, marcando compañeros.

"¿Y tu hijita?" "La han dado a una familia", dice. "Búsquenla."

"¿Y vos?", le preguntan, azorados de su soledad: abandonado incluso por los jefes del partido. "Yo mato milicos", dice él. "¿Qué otra cosa me queda? Si voy por la calle y veo uno, lo mato."

Y dice Camps que Diana declaró que después de la muerte de David Graiver, que conducía las empresas con gran personalismo, empezó a percibir que todo iba al desastre —porque nadie sabía en realidad los movimientos que había hecho aquel alucinado— y que, al renunciar Goldenberg, ella también decidió renunciar. Poco antes de sufrir, junto con Goldenberg, que iba a su lado en el coche, un accidente en las afueras de La Plata.

¿Pero le habrán preguntado, además, qué tipo de "desastre" concreto imaginaba? ¿Y qué hacía en la ruta a esa hora? ¿Le habrán preguntado detalles concretos sobre el "accidente", sobre quiénes creía ella, concretamente, que habían sido los culpables?

Casa 2. Familia Cavazzoni. Junio de 1978. Una cuadrilla de conscriptos pinta la casa entera color celeste y blanco: se festeja un triunfo. Al ver que mi padre contempla la obra desde la vereda de enfrente, el marino se cruza y le ofrece a él también un conscripto y un auto para que me lleve al colegio, e incluso custodia cuando mi padre le cuenta sus sospechas sobre el doctor Colombres: "Me tiró el auto encima, estoy seguro, ese tipo". Pero no aceptamos.

Según el libro de Camps, Diana no declaró nada más sobre lo que sabía. Pero, ¿cómo demostró que no sabía?

¿Y le habrán preguntado, para auxiliarla en su perplejidad, si no se había cruzado con un tal doctor Peñaloza, que iba seguido a la oficina de Graiver y a quien este atendía sin necesidad de cita, y sobre todo, a un tal Topo? (*"Yo soy un poco topo", diría ella después, tantos años después, en los Juicios por la Verdad.)*

¿No les habrá parecido sospechoso, a los torturadores, en aquel salón de actos de la ESMA, el asombro con que ella se interrumpía al intuir por fin que él, ese desconocido, era quien la había acusado; él —y no alguien de la empresa—, aquel a quien debía su calvario; él, ese Topo, en quien ya nunca dejaría de pensar, oscilando entre la compasión y el odio?

Como sea, fue entonces cuando empezó su verdadera declaración. Aquella que tampoco podemos imaginar. Aquella por la cual debía demostrar que no sabía. Aquella que es, también para nosotros, un "cero por cero".

Casa 29. Familia Kuperman. 18 junio de 1978. La señora Felisa, después de largas charlas con sus hijas, acorralada por las deudas, decide vender el chalet.

No es cuestión de dudar, por mucho que les duela, y hay un médico joven, un tal Chagas, que les ha hecho una oferta. Poco, pero lo suficiente como para mudarse las tres, intentar olvidar, "ponerse una pantalla".

Para que Diana vuelva poco a poco a la vida, al trabajo, sin vecinos ya que le recuerden lo que fue y perdió, sin vecinos que olviden de lo que son capaces.

Y escribe Camps que a Diana Kuperman, finalmente, no pudo comprobársele ni culpa ni responsabilidad alguna.

U

2010

Avanzamos rodeando el Casino de Oficiales, para entrar por detrás. Un edificio grande, pero pequeño comparado con el de las cuatro columnas y con la magnitud de su fama, como si entre el horror y sus restos mediara la misma desproporción que entre nuestros recuerdos y los lugares de infancia. Los eucaliptos que lo rodean, en cambio, han crecido ignorando toda forma de la decrepitud, y rozan las buhardillas —oh sí, las famosas buhardillas— con ramas despaciosas.

Avanzamos callados, en grupo los alumnos y los dos profesores. A Miki y a su socio se les ha unido ahora la guía que quiere caerles bien hablando mal de Hebe de Bonafini —como si la complicidad del chisme pudiera ganarle un vínculo tan fuerte como el que une a los otros dos—. En cuanto deja su tono de maestra jardinera, se vuelve inapropiadamente intrigante.

Y yo voy solo, ponderando el privilegio de conocer el frente de este edificio que nunca vio mi padre, porque fue construido después de que él egresó de la escuela, ni vieron nunca los presos que llegaban aquí, vendados, en la alta noche.

La detención del Topo había tenido lugar, supongamos, en septiembre de 1976. Durante tres días lo habían torturado sin sacarle ninguna información sobre el área de finanzas de Montoneros, de la que formaba parte. Hasta que al fin le dicen, como a otros: "Mirá, macho, te tenemos dos noticias. La primera es que hemos llegado a la conclusión de que sos un gran cuadro. La segunda es que al otro lado de este tabique hemos traído a tu hija a ver si ella te puede convencer". Y la chiquita, de cinco años, rompe a llorar apenas para mostrar que sí está allí. "Muy bien", le dicen, cuando al fin el Topo demuestra, con el gesto indicado, disposición a hablar, "Y recordá que ella llorará menos cuanto vos más nos digas".

Por detrás del Casino de Oficiales nos acoge una extraña explanada o patio cuadrado cercado por las alas de este edificio con planta en forma de U. Distraídos, un poco aliviados por el fin de la caminata, los alumnos se dispersan, se reagrupan, empiezan a charlar, amagan repartirse el mate; y yo intento acercarme a Miki y su amigo, que siguen hablando en ese mismo tono conspirativo que les dejó la conversación con la guía. Hasta que un chistido que se encadena con otros nos hace comprender que ella ya está esperándonos desde hace rato al pie de un mástil sin bandera, lanzando miradas de paciencia como un San Sebastián en espera de las flechas que vendrán a clavársele. "Aguantaré hasta que entiendan que no soy de las que ordenan", parece que dijera. "Hasta que todos comprendan que, a pesar de este sol, no hay nada más importante que conocer el infierno."

—Hemos elegido entrar por este lado y no por la gran puerta de adelante —dice, con la solemnidad de un nosotros que parece involucrar a una organización— para seguir el itinerario de los presos que aquí eran traídos en los baúles de los autos, maniatados y vendados, y a los que de inmediato se torturaba al otro lado de esas ventanitas que ven ahí, al ras del suelo.

Y le dicen al Topo, sobre el abismo del silencio repentino de su hija: "Sabemos que estuviste en la reunión en el quincho del sindicato donde se terminó de planear el secuestro de los hermanos Born". "¡Nombres!", le exigen. "¡Nombres!"

Una escena de infancia me viene a la memoria. La Gruta de Lourdes de Mar del Plata, el retablo mecánico que representaba escenas de la Historia Sagrada y que uno podía poner en movimiento con una ficha que compraba a las monjas. "Deposite una ficha y se producirá la ascensión de Nuestro Señor."

Al bajar al sótano —por una escalerita lateral como la que, en la gruta, llevaba a la ermita de los exvotos— la guía nos obliga a amontonarnos en un cubículo lateral, diminuto —al que trato de adivinarle alguna función—, hasta que por fin ella lo describe como el pie de la escalera que conectaba esta mazmorra con los pisos superiores, y que se tapió durante la visita de la Comisión de Derechos Humanos de la OEA para que no pudieran comprobarse los relatos de los sobrevivientes.

—Y ahora recorran —dice la guía, y ahí vamos nosotros, muñecos del retablo mecánico, por "la Avenida de la Felicidad" (así llamaban los militares al corredor que atravesaba las salas de tortura parodiando la inspiración de quien nombró las calles internas de la ESMA: "Avenida de las Moreras", "Avenida de las Tipas"), interpretando el papel de los desaparecidos.

Los alumnos avanzan con un mismo recelo, y yo bendigo no tener que escuchar a la guía, y conseguir no imaginar nada —al fin y al cabo, me digo, Diana no estuvo en este sótano—; pero los alumnos, al detenerse aquí y allá, van descubriéndome cartelitos adosados a lo alto de postes que recuerdan los antiguos compartimientos, y que no puedo dejar de leer: aquí, las dos salas de tortura donde habrán estado, supongo, el Topo y su hijita; más allá la enfermería —donde un médico verificaba si el detenido podía seguir siendo torturado o le daba una inyección de "pentonaval" que lo dormía para ser arrojado, así, al mar desde un avión—; y allá al fondo la "Huevera", el lugar donde se cumplían "tareas de propaganda" —y yo recuerdo la imagen de las monjas francesas fotografiadas allí ante una bandera de Montoneros; la foto que he mirado tantas veces, largamente, para adivinar en los ojos de ellas, ¿qué?, el más allá del horror, claro, el "cero por cero", donde no hay ley ni esperanza, que los militares confunden con lo sobrenatural.

—¿Alguna pregunta? —nos reclama la guía, satisfecha de la impresión que el recorrido parece habernos causado. Los alumnos se arrebañan en torno, pero le rehúyen la vista y nadie dice nada. Ella sonríe y dice.

—No me la están haciendo fácil, ¿eh?

Pero, por Dios, ¿qué sería hacérsela fácil? Y además, ¿por qué ella parece obviar el hecho de que todos y cada uno de nosotros tenemos una experiencia previa de aquella época, y una idea sobre esa experiencia? Como quiera, los alumnos parecen aprovechar su ceguera y esconderse cuanto pueden de su escrutinio. ¿Para salvar qué? ¿Simplemente una nota en una materia?

—Muy bien —se resigna la guía, con sonrisa de santa fogueada en la incomprensión de los demás—. Ahora saldremos por la puerta junto a la cual esperaban los camiones que llevaban a los presos a los aviones desde los que, dormidos, se los tiraba al mar. Pero nosotros —dice, como si de alguna manera la hubiéramos decepcionado— volveremos a entrar al edificio.

—Compañeros —proclama otro guía en el vestíbulo de entrada del Casino frente a un grupo de turistas, altos gringos sensibles y cariacontecidos, que, se me ocurre, conformarían mucho más a nuestra guía. Y nos señala un salón inmenso al que se accede por dos peldaños tan anchos como todo el vestíbulo—. En ese salón de actos, durante la represión, funcionaba el Cuartel General de los "grupos de tareas". Allí se calibraba la información obtenida abajo, en la tortura; se programaban los secuestros y se hacían, eventualmente, algunos interrogatorios que por su importancia debían ser presenciados por gran cantidad de marinos —y yo entiendo, claro, que Diana Kuperman fue interrogada allí.

—Y miren ese corredor —murmura la guía a nuestras espaldas, con un apocamiento que quiere decir: "No compito con mi compañero"; pero además, "Esto es solo para argentinos, no para yanquis boludos"—. No podemos ir por ahí, pues está en refacciones. Pero conduce a la casa del director de la ESMA.

Ahí, ¿se imaginan?, en plena época de la represión, el director venía a pasar los fines de semana con toda su familia. Y desde una de las ventanitas de los cuartos, una compañerita de colegio de una hija, una noche, vio cómo sacaban a una mujer ensangrentada del baúl de un auto: fue una de las denuncias más importantes en la historia de nuestra lucha.

(Y yo recuerdo la Escuela Naval de Río Santiago adonde Giavedonni, un compañerito de primer grado de primaria, hijo del director, nos invitó a unos pocos a pasar el día de su cumpleaños. Me acuerdo del terror que me provocó hacer caer, mientras jugábamos, un torpedo reliquia; y me acuerdo que no comí, por miedo de usar mal los cubiertos ante la desesperada señora de Giavedonni, que me rogaba que al menos tomara agua.)

—Y ahora... —dice nuestra guía señalando la escalera enorme, lujosa, por la que se nos invita a subir—. Miren los escalones. Si se fijan, esos bordes cascados, como roídos, son pruebas irrebatibles del descenso al infierno: las pruebas que labraron, por sí solos, los grilletes.

Y le dicen al Topo: "Sabemos que estuviste en la cárcel del pueblo donde los hermanos Born pasaron meses mientras sus empresas reunían los sesenta millones de dólares. Y que vos con otras personas discutieron con ellos sobre el modo de entrega del dinero". "¡Nombres!", le exigen, "¡nombres!".

—Y el resto de los marinos vivía aquí —dice la guía cuando al fin llegamos al primer piso. Y señala las puertas de los cuartos, la marchita y viril elegancia de literas, cajoneras, piso de parquet *(ah, los camarotes del navío* Islas Orcadas, *que finalmente se hundió con el capitán De la Cruz entre las llamas)*—. O mejor dicho, *querían* vivir aquí. Tan cerca de esas mismas escaleras por donde continuamente bajaban y subían presos ensangrentados. ¿Les resulta verosímil, pregunto, que ellos no hayan visto *nada*?

Porque parece que un marino ha declarado eso en los juicios que se están llevando a cabo: que lo ignoraban todo. Pero, me digo, ¿qué esperaba que declarasen?

—Ellos dicen que se limitaban a hacer tareas de docencia en la escuela de enfrente, a los aprendices —dice Clara, retomando el tono cómplice—. Pero incluso esos aprendices —y entonces siento una puntada en el esófago, intuyendo que dirá lo que más he temido— eran invitados, por uno de aquellos marinos profesores, a pasar una noche aquí, a hacer guardia frente a la celda de los presos. ¿Y para qué les parece que harían eso?, ¿a ver?

Yo imagino el trato, y tengo que conceder que Clara acaba de usar la palabra apropiada: invitar. No una orden, sino una invitación. Como un premio. Una invitación como la que hicieron, aquella noche, a mi padre, a romper la puerta de la cocina de las Kuperman.

Nadie dice nada, y ella repite:

—Ay, ¿qué pasa? ¿No estoy haciéndolo bien?

Pero la pregunta, esta vez, se vuelve demasiado pesada, como si ya los alumnos no pudieran disimular su desacuerdo sino hablando.

—Para manchar a todos... —aventura un señor sesentón: ha encontrado un lugar común que le permite quedar bien con ella—. Para que no quedase nadie lo suficientemente inocente como para poder denunciar.

Clara aprueba, contenta de que al fin le den un gusto. Pero yo empiezo a intuir otra cosa.

—Para labrar un pacto de silencio... —dice un adolescente.

—Ajá —dice la guía, aprobando pero sin ningún énfasis—. ¿Para qué más?, ¿a ver?

La gente, estoy seguro, ya no la soporta, pero improvisa algunas respuestas más, como queriendo reparar algo.

—Porque creían que estaba bien —intento decir, pero la voz no me sale. Y si por un momento creo estar justificando a mi padre, me corrijo, con horror. —Creían que lo que hacían estaba bien. Y eso es lo más terrible.

Y le exigen al Topo: "Sabemos que acompañaste a Ezeiza a la comisión de Montoneros que viajó a Suiza a depositar el botín". "¡Nombres!", le dicen, "¡nombres!". Y después: "Menos mal que nombraste a ese doctor Peñaloza, que se nos acaba de ir. Te quería como un padre, y te hizo su sucesor; aunque somos nosotros, ¿sabés?, sus herederos".

Y al fin llegamos al piso de buhardillas donde, a uno y otro lado de un pasillo central —nos señala Clara antes de entrar—, pasaban día y noche los prisioneros, tirados en el piso, vendados y engrillados, separados unos de otros por tabiques bajos de madera. Pero mi mente, como encantada por el sonido del viento y de las ramas contra el techo de pizarra, está recordando otras cosas. ¡Ah, la Escuela Naval donde había estudiado Massera, en Ensenada!

—Y ahora cuando recorran fíjense en aquel extremo, más espacioso, bajo la única ventana —indica la guía—. Ahí, durante un año, estuvo presa la Gaby... Oh, perdón —y se corrige ostentosamente, como si hubiera olvidado por un momento que no somos, como ella, militantes—. Quiero decir: Norma Arrostito, una de las más conocidas militantes de Montoneros, la que participó en el secuestro y ajusticiamiento del general Aramburu... Y reparen —subraya— que digo *ajusticiamiento.*

Larga pausa desconcertada. La gente calla, incómoda, como si no estuviera dispuesta a seguir acompañándola, como si esa vez Clara hubiera ido demasiado lejos. ¿Este es el final del retablo mecánico, lo que corona la experiencia de los muñecos? ¿Y qué pasaría con quien, como ella, hiciera de este recorrido un hábito?

—Se cuenta que el propio Chamorro, el director de la ESMA, venía a hablar con ella, y que tanto se aficionó a la Gaby, que un día, aprovechando que Chamorro estaba de vacaciones, otros oficiales la mataron.

Y siento que voy a estallar. Oh no, no fue así. Acabo de leer en la revista *Veintitrés* —la misma que traía la lista de informantes de la Marina— una biografía de Arrostito. Dada por muerta en la primera plana de todos los diarios el mismo día de su detención, fue exhibida durante años por el director de la ESMA, a otros militares, como un trofeo; un trofeo al que Chamorro terminó por aficionarse tanto, sí, que, aprovechando un día de licencia, su reemplazante le inyectó pentonaval. Chamorro llegó a tiempo para salvarla de un vuelo de la muerte, pero Arrostito murió en el momento mismo en que la sacaban de la ambulancia en el estacionamiento de la Guardia del Hospital Naval —el que mi padre consideraba el mejor hospital sobre la tierra.

Así que me voy, harto, afuera, donde Miki y su amigo charlan tristemente al pie de una escalera pequeña que da al último altillo: esa otra zona de tortura llamada "Capuchita".

"No me la banco más a esta chica", estoy por decirles, pero temo ofenderlos, y me refugio, casi sin querer, en un cuartito lateral, pequeño y desolado.

—Mirá —dice el amigo de Miki, que hasta ahora ha parecido ignorar mi presencia. No esperaba nada de él, pero quizá lo que dice me llega precisamente por eso—. Aquí nacieron los diputados Juan Cabandié y Victoria Donda.

Y esa frase sola genera más en mí que todo aquel discurso de la guía. Un golpe de realidad, de horror, en la boca del estómago. Que apenas si puedo tolerar.

Y por fin declara el Topo que él iba, todos los meses, a recoger una valija llena de dólares que le entregaba un hombre. Siempre en el mismo sitio. "¡Nombre!", le dicen. "¡Nombre!" Y como los Graiver no eran militantes, no llevaban seudónimo, supongo que no le es difícil nombrar a Jaime Goldenberg.

Y SIENTO que me descompondré si sigo ese itinerario, si no improviso mi propio recorrido. Si no encuentro aire, si no me refugio en lo que soy, si no me escondo. ¿Y por qué no habría de hacerlo? ¿No soy escritor?

¿No soy invitado de la directora del Museo, acaso, y maestro de Miki?

Y sin mirarme los pies, para no ver el borde cascado de los escalones, como Nosferatu sube a la buhardilla de su última víctima, subo solo esa escalerita empinada, estrecha.

Necesito concentrarme en lo que alguna vez creí. Conectarme con este sitio donde fueron torturadas tres de las creadoras del grupo de Madres, las que no se habían propuesto cambiar el mundo, las que habían visto irrumpir el mundo en sus casas para llevárselas de pronto a conocer su corazón horroroso.

Desde el sótano al ático, de la sombra a la luz, del frío al calor, ¿qué orden he recorrido? ¿Un universo cerrado como la Divina Comedia*? ¿Un orden pensado por Massera y donde él sería Dios, Cero? ¿Un orden que reproduce la mente de un perverso?*

Capuchita es una buhardilla pequeña —diez metros por diez metros— y así y todo, en aquellos tiempos, según dice otro de esos cartelitos pegado en lo alto de un poste, contenía varias salas de tortura. Miro un plano del sitio, y a su lado, un recorte de *Página/12* que revela que alguien dejó estampado en la pared un mensaje que solo hace muy poco se descubrió. Lo que a mí me importa es que es el lugar más iluminado de todo el edificio, como si de algún modo hubiera conseguido emerger del horror; pero no hay una sola ventana abierta, y por eso es también el sitio más caluroso y asfixiante. Encuentro con la mirada el lugar del mensaje del preso, un poco escondido detrás de una columna, y casi sin pensarlo voy hacia dos ventiladores que intentan secar la pared desconchada y donde un tipo, solo, de overol, en cuclillas, está inyectando unos líquidos en torno de esa pequeña inscripción ilegible.

Un indio, un viejo, un negro. *Mi padre*, me digo, absurdamente. Pero a pesar del frenesí de las aspas de los ventiladores, el olor de ese producto me ahoga.

No llego a ver qué dice, la escritura del muerto. "Cero por cero", imagino.

"¿Dice cero por cero?", estoy por preguntarle al hombre, que de pronto me teme, cuando siento otro vahído y me dispongo a huir.

1977. Un alumno de la ESMA acepta la invitación del profesor de Inteligencia, entra en el Casino de Oficiales en medio de la noche y acata la orden de subir a Diana a Capuchita, dejarla en su cubículo y quedarse custodiándola. Diana, que aunque está vendada ha advertido con el cuerpo su juventud, sus vacilaciones, la perplejidad que le causa ir descubriendo este corazón horroroso de la vida, piensa pedirle algo, acaso simplemente que le diga si, tras su declaración, le perdonarán la vida. Pero tan pronto él la deja sobre otro colchón se arrepiente. Porque, ¿ella, para él, qué es? Algo menos que humano. Y es, con ella, inhumano. La humanidad es el precio que pagará para salvarse.

Y cuando quiero bajar por esa escalerita empinada y veo que los peldaños tienen una conocida terminación metálica de hierro con forma de espigas —¡el mismo diseño de las escaleras del barco de mi padre!— termino de entender lo que me estruja el cuerpo.

¿Quién fabricaba los grilletes? ¿Quién limpiaba de sangre los lugares? ¿Quién sacaba las escudillas?

¿Quién fabricaba las picanas? ¿Massera, Chamorro, el Tigre Acosta, los elegantes oficiales que dormían en esos cuartitos?

No. Para eso contrataban a la gente del pueblo, como mi padre o yo. Para eso les enseñaban mecánica —en estos tiempos en que ya no existen barcos.

Con esos mismos saberes con que mi padre construyó mi casa, se construyó —hombres como él construyeron— el campo de concentración.

Si me hubieran llevado a mí, yo no habría ido a parar a la Pecera con los militantes ricos y cultos que traducían del francés material para Massera, oh no. Me habrían puesto a construir estas cositas que en mi casa aprendí a hacer, mirando a mi papá.

A mis espaldas, siento que la guía ha entrado a la buhardilla.

Que ha descubierto mi rebelión, y que me exhibirá ante todos.

Busco un rincón.

Vomito.

Sueño

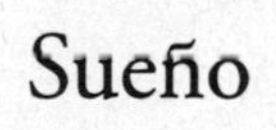

V

2010

Mientras Miki me lleva en auto desde la ESMA hacia Retiro no puedo disimular la furia y me siento culpable. Le he dado las gracias por la visita, pero quizá solo fue el pretexto para ir más allá y desahogarme.

—¿Vos escuchaste lo que dijo esa piba, la guía? —le pregunto—. ¿O no estabas con nosotros?

Miki no contesta, distraído al parecer con el tránsito, arduo a esta hora.

—“Al general Aramburu los Montoneros lo ajusticiaron”, dijo la chica, con una sonrisita cómplice. “Y fíjense que digo *ajusticiaron*”, como para destacar, claro, que ella elegía no decir *lo asesinaron.*

Miki no dice nada, apurando su auto por el túnel de Libertador, porque tengo que tomar en menos de veinte minutos el ómnibus a Las Flores. Quizá está demasiado triste como para enfrentar un mundo sin Kirchner; o quizá se resiste a acompañarme a pasar esa puerta que le blindó el dolor de la muerte de su padre y sus tíos.

—¿Cómo puede ser que en un lugar de muerte se ironice sobre la muerte? El horror de matar, de tener que matar… El horror que distingue al revolucionario del perverso... ¿Y qué habilita en cada uno, y en el mundo, el hecho de matar? ¿Quién puede frivolizarlo sino un idiota?

Estoy temblando, y no solo ya por mi malestar físico. Temo mucho haber herido a Miki, haber sobrestimado su capacidad de escuchar ideas incómodas, haber removido el cuchillo en su herida. Temo mucho haber querido hacer exactamente eso.

—La verdad es que no puedo entender la lucha armada, Miki —confieso—. Es decir, puedo entenderla teóricamente. Todas esas teorías sobre la violencia de arriba que genera la violencia de abajo. Y sobre la necesidad de "hacerse cargo de la Historia"... Pero no puedo ponerme en el lugar, ¿entendés?

Miki asiente vagamente, aunque quizá, como en ese texto que escribió cuando era mi alumno, siga imaginando a su padre, instructor de Montoneros en el manejo de armas, "con un caño en la cintura y una sonrisa en los labios...".

—La misma presidenta dijo el otro día algo de eso...

—¿Qué dijo? —pregunta Miki, verdaderamente interesado (porque, lo sé, en el fondo abriga alguna duda sobre la presidenta, y aun sobre su propio padre, aunque jamás lo diría a nadie, y menos a mí). Pero yo sé que no podré seguir más allá. Y de todos modos, ya estamos llegando a la estación.

Le agradezco a Miki con una casi broma:

—Todo esto estará en mi próxima novela.

Él me mira sonriendo, creo, infinitamente dolido. O quizá no. Quizá son delirios tejidos por la culpa.

Pero de algo estoy seguro: esta es la despedida.

¿Para qué vine aquí?, me digo mientras corro hacia el ómnibus entre una multitud de vecinos de la Villa 31, que la presidenta rebautizó Padre Mujica en homenaje al cura que "optó por los pobres" y lo pagó con la vida. La villa enclavada detrás de la terminal de ómnibus, a metros de los palacios de Recoleta, a pocas cuadras de la Casa de Gobierno, a la que la sociedad echa la culpa de la "inseguridad".

¿Era una señal haber quedado aquí, en el epicentro del terror argentino?

Solo entonces me acordé de encender el celular. Había siete llamadas perdidas de mi madre.

Ella, que se cuidaba siempre de llamar para no asustarme. Ella, que se amilanaba de tener que marcar tantos números. Me había llamado siete veces.

¿O no había sido ella? ¿O había sido otra persona quien había usado su teléfono?

Llamé dos veces yo. Como mi madre no tiene contestador automático, era mi propio teléfono el que cortaba la comunicación. Preferí suponer que no oiría. Llamé tres veces más. Hasta que, como siempre, temí lo peor. Por fin atendió y dijo que estaba nerviosa —que algo *presentía*...

Antes de que prosiguiera, aliviado y a la vez furioso, la emplacé a que me dijera si tenía un problema *concreto* —y estuve por confesarle que había estado en la ESMA, que lo que había vivido allí me había dejado de cama... pero, ¿cómo podría escuchar eso sin enloquecer, ella misma?—. Atribulada, perpleja, improvisó no sé qué dificultad con el calefón.

—Pero por Dios —le dije—, ¿cómo podés ser tan egoísta, tan mezquina como para molestarme con semejantes tonterías? Tranquilizate y esperá, que llego a la madrugada. Tomá un clonazepam. Acostate…

Y subí a ese micro a Las Flores, temblando. Sintiendo, en mi cuerpo, que mi madre tenía razones para temer, de las que no quería hablar. Al menos por teléfono.

En el asiento de la ventanilla ya estaba ubicada Lila Girondo, la escritora que había sido jurado conmigo en el concurso de cuentos de Las Flores. Vestida para la ocasión. Entusiasmada, me dijo, con la invitación que acababa de mandarnos el intendente por SMS para visitar la iglesia de Las Flores donde se habían casado "Adolfito" —Bioy Casares— y "Silvina" —Ocampo—, con Borges y Drago Mitre por testigos; y un día después, a la célebre estancia de los Bioy. Le dije que no podía quedarme hasta el domingo, porque mi madre estaba sola.

Lila, que recordaba con simpatía la última vez que nos habíamos visto —cuando llegué tan tarde a la reunión de jurados por demorarme leyendo la declaración de Diana Kuperman—, me preguntó si había conseguido escribir mi novela, y mi primer impulso fue decir que no.

Pero después me dije que allí había una persona común; alguien ajeno, quiero decir, por la razón que fuera —porque no vivía en Tolosa, o porque su crianza o su formación la habían mantenido lejos de cualquier trasgresión al orden, de cualquier conciencia política—, al horror de la dictadura. Y torrentosamente le mentí que estaba escribiendo un sueño que había tenido.

Un sueño del que, en la realidad, solo había conseguido recordar la última imagen: la imagen de mi padre pateando la puerta... Un sueño del que había despertado porque algo de mí no había tolerado ir más allá.

—Pero, ¿no será el horror el más alto grado de verdad que nos animamos a concebir? ¿Un umbral que, de todos modos, la imaginación alcanza a trasponer aunque uno ya no tenga la valentía de recordarlo?

Lila me habló de un cuento de Luisa Valenzuela que sostiene que, en algún lugar oscuro de la mente, todo sueño interrumpido continúa, se termina.

—Y está ese otro cuento de Bioy, "Otra esperanza" —dijo Lila, pensativa—. En el que los inventores de una clínica siniestra explotan la energía del dolor de sus pacientes... y para ello, por supuesto, lo provocan. Debe de ser del '76, '77, ese cuento. Tenés razón: quizá no haya verdad que la imaginación no intuya...

—¿Y no será ese terror que nos despierta —dije— lo que nos sigue rigiendo en la vigilia, aunque no recordemos nada, aunque creamos no recordar, lo que sigue prohibiéndonos cualquier trasgresión?

—Quién sabe —dijo Lila—. Quién sabe.

Y fue tan extraño ver, esa noche, en el Palacio Municipal de Las Flores, cómo seguían cumpliéndose las costumbres de los pueblos.

La foto de Adolfo Bioy Casares, rubio, señorial y estanciero, presidiendo las pomposas inocencias de la vida literaria. La sensación del deber cumplido de quienes habían escrito cuentos fantásticos, en las horas libres de sus trabajos de oficina, con el único incentivo de las bases. Ignorantes de que cada movimiento que hacían, como en una novela de Bioy Casares —que no había domado la barbarie con su estancia, oh no, solo la había puesto a su servicio—, cada cosa que los rodeaba, se fundaba en el dolor.

Oh, porque aquella generación del setenta había sido aniquilada. Desaparecida. Y aun así, cada cosa de nuestro mundo tenía origen en lo que cada uno había callado o dicho, bajo tortura, poco antes de que lo hicieran desaparecer. Silencio, verdad o mentira —por el simple afán de salvar a alguien o salvarse. Y a propósito, ¿serían verdad o invento aquellas declaraciones del Topo? ¿Y las de la propia Diana?

En un momento, para romper esa sensación de irrealidad del acto de entrega de premios, me acerqué al intendente y le pregunté a qué partido político pertenecía.

Me dijo que era justicialista. Como le pregunté si, más concretamente, podía considerarse kirchnerista, me dijo, algo incómodo, que "acompañaba el proyecto del gobierno nacional"; y que de ahí, de Las Flores, había sido también un tal Labolita, el amigo desaparecido de Néstor y Cristina Kirchner, aquel que, según ellos, había inspirado toda su política de derechos humanos.

Pero nada me borraba el presentimiento de que esa noche, muy pronto, claro, todo terminaría.

EN EL ÓMNIBUS que me trajo de vuelta me atormentaba una imagen: así como yo iba irrevocablemente hacia Tolosa, la muerte venía hacia mí. Irrevocablemente.

¿O era simplemente mi silencio? Esa forma de muerte que implica no poder escribir. Sospechar nuevamente que nunca había escrito nada. Que nunca podría escribir nada.

Que la antigua ilusión de escribir el horror, de nombrarlo, para poder librarse de él, era simplemente irrealizable; apenas la ilusión que permitía seguir escribiendo y alguna vez, a lo sumo, poder contemplar frente a frente su negrura.

Todos estábamos atrapados en una trama de horror; y probablemente todos éramos necesarios para que esa trama subsistiera. Pero, ¿a cuáles entre nosotros debía condenarse?

Recuerdo los años de la dictadura. Entre los familiares de las víctimas —a veces apelando a Lenin y a su famoso lema "¿a quién beneficia?"— se cuestionaban los mínimos actos cotidianos. Pero esa pregunta suponía que entre causa y beneficio existía una cadena comprensible y, más aún, absolutamente transparente. Bastaba auscultarla un poco para entender que no era así.

¿Era igualmente culpable, y merecía igual castigo, el que mató y torturó que el que simplemente no se atrevió a enfrentar el horror? Y aun hoy, quien señalaba y se creía con derecho de ejercer el castigo, ¿podía creerse verdaderamente inocente? ¿O solo acusamos para no ver que el mal que habita en el otro también acecha en uno? Oh, solo podía salvarnos el don de la piedad.

Piedad, pedí. Piedad.

Pero ya era muy tarde.

Llegué a casa al alba, como un fugitivo. Supuse que mi madre, en su casa de la planta baja, dormía.

Corrí arriba desvistiéndome por la escalera, como si la ropa ardiera, como si hubiera quedado impregnada de muerte.

Y me rendí a la cama. Y al fin crucé el umbral del sueño.

W

1977

Estoy tocando el piano cuando mi madre en la vereda grita. Toco más fuerte (quiero, no tapar con música sus protestas, sino disimular que escucho ese interrogatorio), pero cuando me dice de pronto: "Leonardo, vení, por favor", en un tono irreconocible (nunca me llama así, como se llama a un hombre, cuando se pelea con mi padre: soy yo espontáneamente el que interviene), salgo corriendo hacia el fondo de la casa.

Aún no le ha hecho nada ese tipo de la Itaka. El "por favor" revela que aún el interrogatorio sigue siendo formal —que ella desea cortarlo y que en el fondo está aterrada.

El barrio la mira entre visillos y quizá la defiendan, me digo, mientras salgo al patio en busca de papá, pero sé que es mentira y que ella me necesita.

Todo el patio está a oscuras, mi padre no está aquí, ni están los tipos que lo trajeron, pero las cosas tienen una latencia extraña, como si respiraran, o mejor, como si contuvieran el aliento al percibir que llego. Paso entre las plantas y descubro la escalera contra la medianera y la subo sin pensarlo; y en el patio vacío e iluminado de las Kuperman tampoco veo a nadie, tan solo la puerta de la cocina abierta por donde ellos han desaparecido y a mi perrita empalada en un farol. Pienso que lo han matado a mi padre también (pero no tengo valor de volver a mi casa donde mi madre discute) y salto al otro lado y paso yo también por esa puerta rota.

"¿Papá?", quiero decir en medio de la cocina en sombras, pero la voz no me sale de la boca y quizá sea mejor que aquí nadie me escuche porque más allá, en toda la casa, oigo sonar pisadas, voces que reconozco de las viejas novelas (son las voces de un barco, de las tareas de un barco, y yo soy el polizón).

Ni un rastro de las Kuperman. Estarán en sus cuartos, y pienso en deslizarme por la escalera en sombras, que es de mármol y tiene los escalones cachados, cuando de pronto, de mi casa, de la vereda, oigo a mi madre:

"Ay, ay, ay", dice, como cuando mi padre maneja...

"Papá, papá", repito, pero mi voz no sale. Y quizá sea mejor, porque sé que me reprochará: "¿Por qué no la defendiste?".

Entonces de atrás llega un tipo de gorrita y visera virada hacia la nuca, pero no me ve y se me adelanta y empieza a subir la escalera a grandes zancadas, su cara alucinada dice que está preparando una fiesta y cruzo el umbral, no de la sala severa de las Kuperman sino de un salón de actos, sí, un salón de actos de donde salen y entran marinos con galones, felices y afanosos porque, lo sé, lo que preparan es una celebración.

"Papá", llamo en un susurro.

Lo busco y no lo veo entre esa agitación de cárcel de noche y de pronto por la puerta de calle entra el tipo del gabán y la Itaka en la mano, que ha dejado a mi madre y les dice a todos una palabra extraña que no sé descifrar: "¿Dosveinte?".

No puedo volver atrás, desde el patio llega un escándalo de viento, de ramas y de perros como si estuviera levantándose tormenta, y subo dos o tres escalones cuando de arriba vuelve el tipo de la gorra escoltando a una vieja desnuda y gorda, con los ojos vendados y grillos en los pies y —Dios mío— gusanos trepándole por los tobillos, y no es ninguna Kuperman, no, es otra vecina que vagamente reconozco. Y quisiera decirle a la mujer que aquí estoy, preguntarle qué ha querido decir ese tipo con dosveinte. Pero el de gorra, de pronto, al fin me ve.

"¡Bazán!", me dice, porque me ha confundido con mi padre, y me pide paso con un movimiento de cabeza, y me sonríe, como mostrándome una presa. Pero yo no digo nada, y él me hace señas de que suba, de que arriba me esperan.

"¿Quién? ¿Quién?", pregunta la gorda.

Y a mí me da terror de que él repita mi nombre y ella me crea su cómplice y rozando el cosquillear de los gusanos que se tienden hacia mí, sigo escalera arriba.

Pero llego al rellano y por una ventana atravesada de estantes veo el patio de mi casa, las plantas del jardín se han transformado en olas (eso era lo que tramaban) y se baten contra la casa de las Kuperman que cruje y se desprende empujada por su embate espeso. Y ahora todo vibra y hay un estrépito de máquinas y —Dios mío— la casa va tomando altura, empieza a levitar —pues no es un barco, no, es una nave aérea que se libra del barrio como para hurtarle al mundo la visión de esta fiesta. Miro allá abajo mi casa, su forma de navío que nunca vi tan clara (con sus barandas torneadas a babor y estribor y sin popa ni proa, por eso no nos sigue) pero no veo a mi madre ni a ese tipo ni ya escucho sus voces, solo el sonido del piano, mi piano, tocado horriblemente.

¿Quién, que no yo, está tocando Bach? ¿Quién, me digo, sino ella?

Y de pronto, a lo lejos, a esta misma altura a que vamos llegando, diviso un edificio y en la terraza una hilera de mujeres que, mirando hacia aquí, se arrojan al vacío, una a una: un sacrificio público, ridículo y patético, y por eso intolerable, que la muchedumbre inmóvil que las observa no llega a comprender: la inmolación de todas por una sola de ellas —cuyo paradero ignoran pero que es aquí, y solo yo lo sé.

Y de pronto las luces decrecen y crecen con un zumbido atroz, brrzzzzzzzzz, brrzzzzzzzzz, refucilos brutales que imitan la tormenta.

Mi única salvación (mi padre) está en la sala de máquinas, me digo, y sigo adelante.

Al llegar arriba oigo un ruido a mis espaldas y me vuelvo a ver el gran de salón de actos en donde —ya lo sé— esperan a un gran jefe salir de su escondite como un Ahab en medio de la tormenta. Y veo entrar más gente, son marinos que vuelven de secuestrar y se disponen al festejo, muy agitados, cada uno seguro de los pasos de una etiqueta feroz que aprendieron en la ESMA y que solo yo ignoro.

La luz, en cada lámpara, bajo cada tulipa, zumba, tiembla y parece que va a acabarse, pero cada hombre ríe, como si oyera el silbato que anuncia la zarpada.

Y AHORA avanzo por una especie de palier oscuro donde se escuchan voces. Temo que si alguien sale por alguna de las puertas y me intercepta y pregunta quién soy, y yo, para salvarme, repito mi apellido, me exija que actúe la parte de mi padre y vea que no la sé, que no soy digno de ella, que soy un polizón. ¿Y qué me harán entonces? ¿Me tirarán al mar?

Sale un marino joven por la puerta del fondo. Viene un viejo detrás, que en un inglés extraño le exige:

"Devuélvanme mi casa". Pero no es don Aarón Kuperman, oh no. Un refucilo lo muestra. Es Joseph Conrad. Y el otro nada dice, como si no entendiera.

Y ya vamos muy alto, por un viento feroz que empuja las ventanas y hace flamear cortinas y abre puertas de donde cada tanto sale un hombre que pasa camino de la fiesta gritando un aleluya, y que nunca me ve.

Mamá, mamá, recuerdo.

Pero esa palabra nombra un lugar donde no hay nadie.

Papá, papá, me digo.

Buscar la sala de máquinas: mi única salvación.

¿Y qué puerta será la de la sala de máquinas? ¿Cuál que no me grite algo que no quiero oír, que no me revele algo que no quiero saber?

De la puerta más pequeña sale un marinero que ríe y a sus espaldas veo, dentro de un cuarto chico, frente a una ventana, un cónclave de marinos —lo sé— en torno de una mesa.

El tipo se seca las lágrimas de risa, parece tan tentado que no llega a advertir que ahora viene hacia a mí y está a punto de chocarme, y me dispongo a decirle que yo soy Bazán cuando una bandada azul entra por las ventanas, chilla contra las puertas y se lo lleva a él hacia afuera, por el cielo.

Porque de él fue este invento de la navegación a dolor, me digo. Y así es como le pagan.

Entonces, en ese mismo cuarto, por la puerta que ha quedado sin traba y se abre y cierra, enloquecida en el viento, creo escuchar una voz conocida, una voz que —Dios mío— se parece a la mía y que se queja y suplica, alternativamente.

Mi padre, me digo. Aunque suena más joven. ¿Pero qué edad tiene uno en medio del tormento?

La luz zumba y decrece, y en medio de descargas zzzzzzzzzbrrrrrrr zzzzzzzzbrrr que casi dejan a oscuras, se oye por los parlantes una voz que da órdenes en una lengua incomprensible.

Y los marinos salen todos juntos del cuarto y bajan las escaleras, lo sé, porque empieza la fiesta, pero yo sigo allí, acechando el momento de rescatar a mi padre.

Porque era suya la voz. Lo sé. Estoy seguro. Avanzo lentamente, domeñando el terror.

En el centro del cuarto, por delante de aquella ventana que —ahora lo comprendo— da al salón de actos de la planta baja, no hay una mesa, hay una camilla con un cuerpo tapado por una sábana y un papel recién escrito encima:

Yace aquí Atilio Martínez
niño de cincuenta años.

Pero allá abajo, en el salón, de nuevo resuena esa voz, y al asomarme veo la gorra de mi padre que casi oculta su perfil, igual a aquella foto de su primer documento, con ese aire de orgullo por haber aprobado el examen de admisión al reino de los vivos.

Y creo entender que la fiesta será su iniciación y que debo salvarlo, interrumpir como sea su boda con la muerte o ya no será el mismo cuando vuelva a casa, o ya no viviré.

Entonces empiezo a bajar corriendo la escalera. Y me cruzo con presos que dejaron solos, que con la venda sobre los ojos no saben dónde ir —pasan como sonámbulos, preguntan por la celda en donde refugiarse de la tempestad, de esa alegría que temen mucho más que a cualquier furia.

Al llegar al rellano me asomo a la ventana y veo abajo el mar, y en el mar a aquella gorda que flota entre las olas, los gusanos son víboras que pululan entre la espuma mientras ella los maldice porque le muerden la cabeza, los maldice a los gritos, como arengando al océano.

Y allá atrás, en la orilla como un mapa, veo el predio de una escuela naval de donde salen a vernos los alumnos con velas y un cántico en los labios: "¡Salve, salve, la iglesia voladora!".

EN EL SALÓN de actos han construido un tablado, y a uno y otro lado cuelgan dos grandes estandartes nazis.

¡La fiesta de Hans Langsdorff!, me digo (pero no es alemán la lengua que hablan).

¿Y será entonces por eso que ninguno de ellos parece verme? ¿Porque no sé decir "yo" en su lengua, esa lengua que ordena secretamente el mundo que nos parece un caos; la lengua en que se nombra, no solo a mi padre, sino todo lo innombrable?

¿Y papá? No lo veo y presiento que lo han llevado a otra sala donde él espera turno para entrar en escena.

Veo muchas puertas cerradas en todas las paredes y me digo que tengo que abrirlas una a una. Urgente.

Pero hay tantos marinos que no puedo pasar.

Hay un grupo (y es Cavazzoni).

Otro grupo (y es el tipo de la Itaka: ya se libró de mi madre).

Otro grupo.

Debajo de una mesada descubro un escobero y por un quejido intuyo que ahí adentro hay alguien, y abro y la veo a Diana Kuperman, vendada, conectada por un cable al muro.

"¿Cero?", me dice. "¿Cero?"

Y yo sigo adelante, hacia la puerta de entrada, quizá papá esté afuera, cuando la puerta se abre sola y veo el alboroto majestuoso y ordenado que precede a los grandes:

¿Cero?, me digo. ¿El Almirante Cero?

Y hay aplausos y risas y el zumbar de las lámparas cada vez más intenso y gritos de los presos que mueren de terror al sentir que Alguien llega.

Y retrocedo hasta el escenario para dejarles paso, cuando de pronto veo que quien entra es mi padre—aplaudido por todos.

No el Almirante, no. Ni siquiera Hans Langsdorff.

Es mi padre.

Y me acerco a mirarlo. Trae a su lado una camilla, como quien trae una ofrenda. Azucenas para la virgen en el mes de María.

Una camilla cubierta, también, con una sábana.

Una sábana con grandes manchas de sangre. Y bajo la sábana hay formas de mujer.

Es su tributo. ¡El precio que ha pagado! ¡El que le valdrá por fin su iniciación, su nombre!

Y estoy por apartarme para dejarle paso cuando de pronto mi padre vuelve su rostro hacia mí y le descubro dos ojos rojos, locos, una mirada atroz que no ve y sin embargo vislumbra en mí algo que yo no nombro, que no entiendo, que me aterra entender.

Un marino se acerca a reconvenirlo. Con un tirón de mangas, parece decir que tiene que comparecer en el escenario, para que allá arriba el Jefe —¿Langsdorff?— comience la ceremonia, pero a mi padre se le crispan las narinas como si me olfateara y disfrutara mi miedo.

"¡La puerta!", le explica mi padre. "¡La puerta!"

Y todos acuden a mirar la novedad que soy.

El corazón de la fiesta, soy. Y mi nombre es "la puerta".

"¿Quieren que la voltee?", les pregunta mi padre.

Como bandada de buitres los marinos se acercan a gustar el espectáculo imprevisto que el otro les ofrece. Y parecen tan ansiosos que hacen caer sin querer la sábana ensangrentada:

Es mi abuela.

La madre de mi padre. Muerta.

La primera patada me da en el pecho y ahogo el grito: "Papá", y de inmediato entiendo qué significa papá en el lenguaje de ellos: "el que abre la puerta".

Todos ríen y lo incitan a más.

Vuelve a patearme el estómago. Y entonces sí, claro, entonces sí.

No siento dolor, sino un enorme hueco que se abre en mí, como si en mi estómago se abriera la compuerta que da al vacío y al océano, un vacío que me imanta y quedo como aliviado de terror o de sorpresa.

Mi padre aferra la camilla, toma envión y la arroja en mi nada, y es el peso de su madre el que me arrastra al vacío y me hace caer al mar.

Caigo, caigo, caigo, mirando allá arriba la casa que se aleja en la ira del cielo hasta volverse un punto.

Hasta que topo el agua con la espalda dolida y en mi vientre un cadáver y las víboras de la locura que flotan en el agua empiezan a morderme los tobillos, los brazos, la cabeza.

Pero yo no digo nada. Callo.

Y sobre mí se cierra el mar del olvido.

X

2010

—¿Leo? ¿Leo? —oí que decía mi madre desde algún lugar de la mañana inmensa, con un temor tan evidente en la voz que, antes aun de entender yo dónde estaba y por qué, comprendí que nos había llegado la hora (y era tan semejante ese terror al de mi propio sueño que me costó sacarme de encima aquel mar de agua y de locura, y buscar alguna ropa que echarme sobre el cuerpo desnudo para correr en su auxilio: "¿Pero qué mierda pasa, mamá?").

—¿Leo? ¿Leo?

Y su voz resonaba en mitad de la escalera, la escalera que, claro, yo y su propia sensatez le habíamos prohibido subir hacía ya muchos años; y que solo podía haberse decidido a escalar a causa de un peligro grave.

—¡Mamá! ¿Qué pasa?

¿Se habría caído? Pero no podía oírme, y no me respondió.

—¿Estás bien? —me decía cuando por fin me vio aparecer en lo alto, tan sobresaltada que era incapaz de sentir el menor alivio—. ¿Estás bien?

Estaba en camisón, como Diana en mi sueño, y con la perra rondándola. Ilesa, al parecer, pero en peligro de rodar escalones abajo.

—¡Pero sí! ¿Qué pasa? ¡Quedate ahí! ¡No te muevas!

Y bajé unos escalones para ayudarla a subir. Ella no obedeció mi orden de aferrarse a mi mano. Alzaba los brazos como rogando al cielo. (Los milicos, pensé. Nos entraron.)

—¡Es que me levanté y vi luz encendida! —dijo, mirando hacia el foco que (y solo ahora entendí) yo había olvidado apagar.

—Ay Dios, mamá. Vení, subí.

—Y toda esta ropa tirada...

¡Por Dios, era culpa mía! Yo me había arrancado la ropa mientras subía, montando alrededor de mí, sin darme cuenta, el escenario posterior a cualquier asalto.

Tenía razón. ¿Pero qué tenía que andar mirando en mi casa?

—¡Es que vi luz!, ¿entendés? —lloriqueó, sin decidirse a aceptar mi ayuda (¡Dios mío, si yo no hubiera despertado!)—. ¡Y como vi esta ropa tirada, pensé...!

—¡Bueno, jodete por espiar! —dije izándola y dejándola en mi casa, unos escalones más arriba, como a un náufrago de un barco que se hunde, y al que se lo desengarza de la escalerilla de mano y se lo deposita en el bote salvavidas...

—¡Pero es que vi luz!

—Oh, ya entendí, por Dios, callate.

Y de golpe entendí que si me había llamado todo el día al celular mientras yo visitaba la ESMA y viajaba a Las Flores era porque la aterraba la idea de pasar la noche a solas en su casa vacía —por culpa de su propia tozudez, porque no soportaba la idea de contratar otra dama de compañía después de que la suya cayera muerta de un infarto en casa, un golpe que aún hoy era incapaz de procesar.

Tomó su agua temblando. Y de golpe sentí todo aquel cansancio acumulado por años, años enteros de tener que velar por su vejez, su vejez que me ataba a esta casa y a su pasado de pesadilla.

Y ese otro hartazgo, Dios, de que nada la conformara —porque nada puede endulzar la cercanía de la muerte.

Mi madre pareció a punto de repetir la frase. Y de pronto, al percibir que me enfurecía, arrepentirse e improvisar.

—Y como te vi tan raro estos días.

Tardé un tiempo en entender. Me avergoncé entonces más de lo que puedo expresar.

Entonces estallé.

—¿Cómo *raro*? —avancé, amenazante—. ¿En qué me viste *raro* vos?

Y sentí que mi tono era igual al del hombre con gorrita que había aparecido en mi sueño —y ella, balbuciente, retrocedió hacia la escalera.

—Ay, Leo —dijo, cerrando los ojos, como buscando descansar—. Esperá un poco, por favor…

—¡Pero la puta madre! —grité, acorralado contra la silla, contra la mesa, contra mi propio cuerpo—. ¡Por qué no podré vivir en paz!

—¡Es que me desperté a la medianoche! —rogó, con una aplicación enloquecedora—. ¡Y vi la luz! ¡Y esta ropa tirada!

—¡Oh sí, ya lo entendí! —bramé empujándola de nuevo hacia el centro de la sala—. Pero, ¿qué tenías que espiar, vos?

—Pero por Dios, Leo, ¡con todas las cosas que pasan!

La dejé un momento. Saqué a la perra, que estaba histérica, al balcón trasero. Cerré la puerta de un golpe. Mi madre se aterró de quedarse encerrada.

—¿Qué pasa? —repliqué—. ¡No pasa nada!

—Sí que pasan cosas, sí —dijo—. Y vos no querés decirme nada porque soy una vieja idiota.

¿Y cómo habría podido negarlo? ¿Interpretando el papel de kirchnerista que atribuye la maldad del mundo a la conspiración de los medios?

—¿Pero no te das cuenta de que esta casa no puede ser la única? ¡Que no puede ser que *solo a nosotros* no nos toque!

Era una frase más grande que la noche, más grande que mi vida. Y creo que para no entenderla, y para no dejar que ella comprendiera lo que había logrado decir; como quien, perseguido, salta de pronto una zanja y sigue corriendo, grité:

—¡Ah, claro! Y vos por eso no pudiste contenerte de andar espiando, ¿no? ¡Por la inseguridad vos tenés que saber qué hago y meterte aquí! ¡Por Dios, mamá, quiero dormir, estoy agotado de todo esto…!

—Cuidado, Leo, no grites —susurró, como atinando a fingir terror—. *¡Los vecinos!*

¡Pero era inconcebible! ¿Podía saber ella que desde hacía meses yo no pensaba en otra cosa que en los vecinos, yo, que me había jactado siempre de no cuidarme de la opinión ajena?

—Pero qué importa. ¡Si ya no quedan vecinos!

Y sin duda la observación, casi tan grande como la suya y tan involuntaria, le resultó demasiado, porque mi madre empezó a llorar, honda, muda, sinceramente, y yo, abrumado de furia, de odio, de desesperación, salí un momento al balcón, a dejarla sola.

No tenía valor de consolarla. Oh, no. Consolarla habría implicado pensar en demasiada pena. "Por acá va a pasar la parca", me había dicho Marcela, y solo ahora entendía aquella frase.

Unos ruidos a mis espaldas me sobresaltaron. Ahora mi madre bajaba sola la escalera, huía de mí, de toda aquella noche.

—¡Mamá! —dije, corriendo a salvarla (pero no pude dejar de entrever que, salvo por mis gritos, tenía ante mí el crimen perfecto). Y cuando llegué a su lado se detuvo de piedra. Tenía los ojos rojos, todavía, de llanto.

—¡¿Pero qué hacés?! ¡¿Estás loca?! ¡¿Te querés matar?! —y le aferré las manos para ayudarla a subir de nuevo—. Esperá al menos que recoja la ropa que dejé tirada y bajás.

—¡Oh perdoname! —dijo—. Es que me desperté y vi luz…

—Por Dios, mamá. ¡No re-pi-tas! —grité—. Ya te entendí.

—Sí, sí, ¡pero con toda esta ropa tirada!

La dejé en lo alto de la escalera y me puse a juntar la ropa desparramada sobre los escalones. Como si le diera vértigo mirarme desde arriba, se sentó en una silla y se volvió sobre sí.

—Dios mío, Leo, estoy cansada de vivir. ¡Podrida! —dejó de llorar—. Dios mío, por qué no me llevás.

Yo no estaba seguro de que no fuese sincera, pero suponer que hacía teatro era más soportable.

—Mamá, por favor, ¡un poco de pudor! ¡Pará de hacerme escenas, de hacerme sentir culpable! ¿Por qué no querrías vivir? ¿Qué te falta?

—No sé —dijo. Porque su mayor temor era "tener algo malo". Algo tan malo, en verdad, que de solo nombrarlo podría matarla al instante.

—Ah, claro, y por las dudas me amargás igual.

Entonces me puse a llorar yo.

Quizá fuera otra forma de mi enorme egoísmo. O quizá solo fuera que cesé en mi violencia. Pero sentí que mi llanto le daba paz al mundo. Que algo infinitamente doloroso se liberaba en mí.

—Ay, Dios. ¡Cuántas cosas me pasaron! —decía mi madre.

—¿Y a mí? ¿A mí no me pasaron cosas? Hace seis años que no tengo una vida, que estoy clavado aquí...

—¡Pero yo no te lo pedí! —gritó—. Y una noche me levanté, como hoy al baño, y encontré a Antonia, pobrecita, tirada en el piso...

Y otra vez se puso a llorar.

Y fue en ese silencio que sucedió algo inesperado.

Eso que esperaba desde hacía meses. Eso que, quizá, sea lo más importante que aquí debo declarar.

La casa entera tembló. Tembló de tal manera que la perra, asustada, empezó a ladrar en el balcón, y mi madre, aunque sorda, levantó la cabeza y miró la lámpara que tintineaba en sus caireles.

(El motor, pensé, de la casa de Diana Kuperman, que acaba de levantar vuelo.)

—¿Qué pasa, Leo? —preguntó mi madre.

Era el aire acondicionado de la casa vecina, el aparato enorme por el que ella y mi padre se habían peleado con los Chagas. Pero no le dije nada. Solo atendí al horror.

Entonces había alguien en la casa. Y quizá habían estado escuchando todo este escándalo.

Quizá ese ruido era, para nosotros, una advertencia.

—¿La señora Felisa? —preguntó mi madre.

Alelado, me volví.

—¿Cómo la señora Felisa?

("¡Las Kuperman!", le había dicho aquel tipo, amenazante, en el '76. "¿Qué sabe de las Kuperman?")

¡Dios! ¿Y si mi madre, en lugar de soñar como yo, con esa época, había vuelto a vivir en ella? ¿Y quién podía decir que esa locura suya no la había provocado yo mismo?

Otros ruidos inesperados me sorprendieron.

Alguien abría la puerta del jardín de los Chagas (la misma puerta, quizá, que mi padre había pateado). Alguien salía al jardín.

—¿Qué pasa? —decía mi madre a mis espaldas.

Igual que aquella mañana en que los Chagas habían salido distraídamente a pasear a su perro y los tipos, que habían estado desde el alba esperándolos tranquilamente en el quincho, entraron a asaltarlos.

Yo iba como imantado hacia la casa de los vecinos, como anda un sonámbulo.

—Leo, por Dios. Cuidado. ¿Dónde vas?

Como si yo marchara, a la vez, hacia todos los peligros.

Pero nada del pasado parecía suceder.

Eran voces despreocupadas de un hombre y una mujer, un matrimonio burgués feliz de estar al fin en su nueva casa, solo un poco molestos de tener estos vecinos. Sí, porque sin duda habían escuchado la pelea, y quizá maldecían a los Chagas por no haberles avisado que su vecino escritor era un torturador de ancianas.

Quizá hasta habrían llamado al 911.

Al llegar a la baranda me detuve y me volví hacia mi madre, que me había seguido.

—Son los nuevos vecinos —le dije.

Quizá no me entendió. Pero calmada por mi propia pasividad, accedió a que la ayudara a bajar. Ya no sé en qué época creía mi madre que vivía. Y ella volvió al sueño. Y yo volví a subir a mi cuarto y me acosté.

Entonces sonó el teléfono. Controlé el reloj: eran las seis y cuarto. ¿Quién podía llamar a esta hora de la mañana?

Estremecido, levanté el tubo. "Son ellos", pensé.

Pero colgué. Y con una extraña sensación de fuerza, por fin, volví a cerrar los ojos.

Y

1974

Es el tiempo del verano. Tiempo de medir el tiempo por chicharras que compiten a zumbidos. De acatar en la siesta la prohibición del agua —y el deseo.

Mi padre está en su barco. Mi madre, en su cuarto, duerme.

En el televisor, su pantalla apagada, veo mi propio cuerpo.

Ya no me reconozco.

La enciclopedia a un lado. Mis dibujos de islas, sus mapas inventados. Los casetes negros que me trajo papá de Venezuela en los que grabo los conciertos de Radio Nacional.

Mi piano.

Ya nada me completa.

Entonces, en un sitio oculto de la casa, el enorme despertador, da las tres menos diez.

"Hay que esperar dos horas después de una comida", dictamina mi madre. Me quedan diez minutos: almorzamos a la una.

¿Y de verdad en diez minutos puede jugarse una vida?

Salgo al patio, que retiembla hundido en los reflejos azules de la piscina. Los pies descalzos no aguantan las baldosas quemantes.

Un colibrí centellea en las flores del jazmín paraguayo, como si no se decidiera por blanco o por violeta.

Unas avispas labran su panal en las vigas del quincho. Y el terror que les tengo me ayuda a zambullirme.

Doy un salto. Me tiro a la pileta.

Ah, dentro del agua, el tiempo se diluye y yo mismo me diluyo.

Oigo una voz que llama, lejanísima, afuera. Y no es mi madre, no.

Es la chica de Kuperman que me ha oído y protesta. En su ventana.

No, no saldré. Me hundo un poco más, hasta llegar al fondo.

Ya casi no resisto. Pero quiero saber que puedo resistir. Cómo es no poder más.

Cierro los ojos y veo el fondo espléndido, el centro de la tierra. Su negrura.

Z

Cuaderno de bitácora

Los protagonistas de esta novela son puramente imaginarios. Aunque enmarcadas en sucesos históricos reales, y en espacios existentes y perfectamente reconocibles, sus historias son también ficticias. Las eventuales semejanzas deberán ser consideradas coincidencias.

A lo largo del proceso de escritura, varios autores, del pasado y del presente, me ayudaron a pensar las metamorfosis sucesivas de una memoria. A *El silencio de Kind*, novela de Marcela Solá, debo el primer atisbo de una iluminación. *Tú llevas mi nombre,* serie de testimonios recogidos por Norbert y Stephan Lebert, y *Nosotros, los hijos de Eichmann*, de Günther Anders, son otros hitos en el proceso de creación del personaje principal. De una manera menos específica, pero igualmente intensa, las obras de Leonardo Sciascia y de Hanna Arendt velaron conmigo esa misma noche de injusticia.

En cuanto a aquellos sucesos reales que la novela menciona quisiera destacar como fuentes las obras de Juan Gasparini, Marcelo Larraquy y Roberto Caballero, así como incontables artículos de investigación periodística publicados en estos meses sobre el caso Papel Prensa. El *via crucis* de Diana Kuperman, en cambio, lo imaginé basándome en las declaraciones públicas de los familiares de David Graiver y sus antiguos empleados, sobre todo en los Juicios por la Verdad.

Entre los muchos amigos a quienes debo gratitud por su entusiasmo, quiero reconocer en primer lugar a Emmanuel Kahan, cuya tesis doctoral sobre la comunidad judía argentina entre 1973 y 1983 ilumina toda esa época con una luz nueva, única, brutal y piadosa a la vez. Fue también Emmanuel quien me señaló la extraordinaria personalidad de Jacobo Timerman, el libro en que relata su cautiverio, y esos otros dos libros en que Ramón J. Camps trata de invalidar sus denuncias y denostar al Grupo Graiver exponiendo las "confesiones" de sus integrantes en las sesiones de tortura.

Mi gratitud también para Abrasha Rottenberg, autor de *La opinión amordazada,* y Ricardo Dios Said: dos seres entrañables, dos amigos lúcidos. Y para Fernando Cittadini, editor.

Tolosa, abril de 2012

XV Premio Alfaguara de Novela 2012

El 26 de marzo de 2012 en Madrid, un jurado presidido por Rosa Montero, e integrado por Montxo Armendáriz, Jürgen Dormagen, Antonio Orejudo, Lluís Morral y Pilar Reyes (con voz pero sin voto) otorgó el **XV Premio Alfaguara de Novela 2012** a ***Una misma noche,*** de **Leopoldo Brizuela.**

Acta del Jurado

El Jurado del **XV Premio Alfaguara de Novela 2012,** después de una deliberación en la que tuvo que pronunciarse sobre siete novelas seleccionadas entre las setecientas ochenta y cinco presentadas, decidió otorgar por mayoría el **XV Premio Alfaguara de Novela 2012,** dotado con ciento setenta y cinco mil dólares, a la novela titulada ***La repetición,*** presentada bajo el seudónimo de ***Pickwick,*** cuyo título y autor, una vez abierta la plica, resultó ser ***Una misma noche,*** de **Leopoldo Brizuela.**

«El Jurado quiere destacar el estilo admirablemente contenido del autor, quien con economía expresiva consigue crear un texto perturbador e hipnótico. Tomando como punto de partida la historia reciente argentina, esta novela indaga sobre la esencia del mal y nuestra corresponsabilidad en la violencia y la injusticia. Un incidente en apariencia baladí, el atraco a un vecino, nos sumerge en una historia asfixiante y amenazadora, y nos enfrenta a los fantasmas familiares y a la oscuridad del ser humano, en la que se es a un mismo tiempo, verdugo y víctima.»

Premio Alfaguara de Novela

El Premio Alfaguara de Novela tiene la vocación de contribuir a que desaparezcan las fronteras nacionales y geográficas del idioma, para que toda la familia de los escritores y lectores de habla española sea una sola, a uno y otro lado del Atlántico. Como señaló Carlos Fuentes durante la proclamación del **I Premio Alfaguara de Novela,** todos los escritores de la lengua española tienen un mismo origen: el territorio de La Mancha en el que nace nuestra novela.

El Premio Alfaguara de Novela está dotado con 175.000 dólares y una escultura del artista español Martín Chirino. El libro se publica simultáneamente en todo el ámbito de la lengua española.

Premios Alfaguara

Caracol Beach, Eliseo Alberto (1998)
Margarita, está linda la mar, Sergio Ramírez (1998)
Son de Mar, Manuel Vicent (1999)
Últimas noticias del paraíso, Clara Sánchez (2000)
La piel del cielo, Elena Poniatowska (2001)
El vuelo de la reina, Tomás Eloy Martínez (2002)
Diablo Guardián, Xavier Velasco (2003)
Delirio, Laura Restrepo (2004)
El turno del escriba, Graciela Montes y Ema Wolf (2005)
Abril rojo, Santiago Roncagliolo (2006)
Mira si yo te querré, Luis Leante (2007)
Chiquita, Antonio Orlando Rodríguez (2008)
El viajero del siglo, Andrés Neuman (2009)
El arte de la resurrección, Hernán Rivera Letelier (2010)
El ruido de las cosas al caer, Juan Gabriel Vásquez (2011)
Una misma noche, Leopoldo Brizuela (2012)

Premio
ALFAGUARA
de novela
1998

ELISEO ALBERTO
Caracol Beach

SERGIO RAMÍREZ
Margarita, está linda la mar

MANUEL VICENT
Son de Mar

Premio
ALFAGUARA
de novela
1999

CLARA SÁNCHEZ
Últimas noticias del paraíso

Premio
ALFAGUARA
de novela
2000

ELENA PONIATOWSKA

La piel del cielo

Premio
ALFAGUARA
de novela
2001

TOMÁS ELOY MARTÍNEZ

El vuelo de la reina

Premio
ALFAGUARA
de novela
2002

XAVIER VELASCO

Diablo Guardián

Premio
ALFAGUARA
de novela
2003

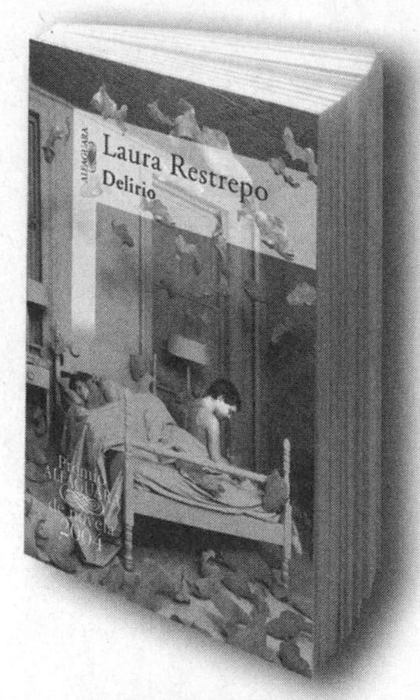

LAURA RESTREPO

Delirio

Premio
ALFAGUARA
de novela
2004

ANDRÉS NEUMAN

El viajero del siglo

Premio
ALFAGUARA
de novela
2009

HERNÁN RIVERA LETELIER

El arte de la resurrección

Premio
ALFAGUARA
de novela
2010

JUAN GABRIEL VÁSQUEZ

El ruido de las cosas al caer

Premio
ALFAGUARA
de novela
2011

Alfaguara es un sello editorial del Grupo Santillana

www.alfaguara.com

Argentina
www.alfaguara.com/ar
Av. Leandro N. Alem, 720
C 1001 AAP Buenos Aires
Tel. (54 11) 41 19 50 00
Fax (54 11) 41 19 50 21

Bolivia
www.alfaguara.com/bo
Calacoto, calle 13 n° 8078
La Paz
Tel. (591 2) 279 22 78
Fax (591 2) 277 10 56

Chile
www.alfaguara.com/cl
Dr. Aníbal Ariztía, 1444
Providencia
Santiago de Chile
Tel. (56 2) 384 30 00
Fax (56 2) 384 30 60

Colombia
www.alfaguara.com/co
Carrera 11A, n° 98-50, oficina 501
Bogotá DC
Tel. (571) 705 77 77

Costa Rica
www.alfaguara.com/cas
La Uruca
Del Edificio de Aviación Civil 200 metros Oeste
San José de Costa Rica
Tel. (506) 22 20 42 42 y 25 20 05 05
Fax (506) 22 20 13 20

Ecuador
www.alfaguara.com/ec
Avda. Eloy Alfaro, N 33-347 y Avda. 6 de Diciembre
Quito
Tel. (593 2) 244 66 56
Fax (593 2) 244 87 91

El Salvador
www.alfaguara.com/can
Siemens, 51
Zona Industrial Santa Elena
Antiguo Cuscatlán - La Libertad
Tel. (503) 2 505 89 y 2 289 89 20
Fax (503) 2 278 60 66

España
www.alfaguara.com/es
Torrelaguna, 60
28043 Madrid
Tel. (34 91) 744 90 60
Fax (34 91) 744 92 24

Estados Unidos
www.alfaguara.com/us
2023 N.W. 84th Avenue
Miami, FL 33122
Tel. (1 305) 591 95 22 y 591 22 32
Fax (1 305) 591 91 45

Guatemala
www.alfaguara.com/can
26 avenida 2-20
Zona n° 14
Guatemala CA
Tel. (502) 24 29 43 00
Fax (502) 24 29 43 03

Honduras
www.alfaguara.com/can
Colonia Tepeyac Contigua a Banco Cuscatlán
Frente Iglesia Adventista del Séptimo Día, Casa 1626
Boulevard Juan Pablo Segundo
Tegucigalpa, M. D. C.
Tel. (504) 239 98 84

México
www.alfaguara.com/mx
Avda. Río Mixcoac, 274
Colonia Acacias, C.P. 03240
Benito Juárez, México D.F.
Tel. (52 5) 554 20 75 30
Fax (52 5) 556 01 10 67

Panamá
www.alfaguara.com/cas
Vía Transísmica, Urb. Industrial Orillac,
Calle segunda, local 9
Ciudad de Panamá
Tel. (507) 261 29 95

Paraguay
www.alfaguara.com/py
Avda. Venezuela, 276,
entre Mariscal López y España
Asunción
Tel./fax (595 21) 213 294 y 214 983

Perú
www.alfaguara.com/pe
Avda. Primavera 2160
Santiago de Surco
Lima 33
Tel. (51 1) 313 40 00
Fax (51 1) 313 40 01

Puerto Rico
www.alfaguara.com/mx
Avda. Roosevelt, 1506
Guaynabo 00968
Tel. (1 787) 781 98 00
Fax (1 787) 783 12 62

República Dominicana
www.alfaguara.com/do
Juan Sánchez Ramírez, 9
Gazcue
Santo Domingo R.D.
Tel. (1809) 682 13 82
Fax (1809) 689 10 22

Uruguay
www.alfaguara.com/uy
Juan Manuel Blanes 1132
11200 Montevideo
Tel. (598 2) 410 73 42
Fax (598 2) 410 86 83

Venezuela
www.alfaguara.com/ve
Avda. Rómulo Gallegos
Edificio Zulia, 1°
Boleita Norte
Caracas
Tel. (58 212) 235 30 33
Fax (58 212) 239 10 51